Botho Strauß

Die Widmung

Eine Erzählung

dtv

Die Taschenbibliothek

Ungekürzte Ausgabe

Januar 1996
Deutscher Taschenbuch Verlag GmbH & Co. KG,
München

ISBN 3-446-12415-2
Umschlaggestaltung: Balk & Brumshagen
Umschlagbild: ›Paul Seiber als Mönch‹ (1992) von Rainer Fetting
(© VG Bild-Kunst, Bonn 1995)
Gesamtherstellung: C. H. Beck'sche Buchdruckerei,
Nördlingen
Printed in Germany · ISBN 3-423-08319-0

Ganz Europa leidet gegenwärtig unter dieser Hitze. Dreißig Grad im Schatten, Mitte Juni, leichte Quellbewölkung, jeden Tag das gleiche. Es soll ein Jahrhundertsommer werden. Morgens um sieben fährt der erste Sprühwagen unter seinem Fenster vorbei. Er wacht im selben Trübsinn auf, der ihn am Abend eingeschläfert hat.

Aus Langeweile zum Friseur gegangen. Herrensalon. Der Besitzer scheint ein Pferdenarr zu sein. Überall neben den Spiegeln Käppis und Reitgerten, Bilder von Rennpferden und Jagdhunden. Ein Friseur als Reiter oder gar Jäger in Westberlin, das ist nur zu typisch. Der Zierat des Wohllebens wirkt in dieser ausgehaltenen Stadt besonders gesichtslos und unecht, während das Kleinbürgerliche und Halbproletarische wiederum viel zu charakteristisch, viel zu wunderlich in Erscheinung treten. Es fehlt überall am Normalen, das ihm jetzt guttäte.

Im Sessel nebenan streckt sich ein älterer Mann aus und überläßt seine linke Hand einer jungen Friseuse zur Maniküre. Das Mädchen sitzt vor ihm auf einem Hocker, und er hält in der rechten Hand eine Zeitung. Er sagt gar nichts und liest. Aber die Friseuse spricht den Kommentar zu dem, was er vermutlich gerade liest. Sie spricht über den gestrigen Überfall der Israelis auf den Flughafen von Entebbe in Uganda. Alle Geiselnehmer erschossen. Erste Klasse, sagt sie, ich finde das ja ganz toll, die Israelis! Der Amin hätte die Dreckskerle glatt freigelassen, diese Dreckskerle ... Sie erregt sich und findet im politischen Eifer die treffenden Worte des Abscheus nicht. Und doch klingt, was sie sagt, nur halb so schlimm. Man spürt, es ist nicht ihr eigener Eifer, der sie packt. Sie bemüht sich, ihrem Kunden alles recht zu machen. Sie redet ihm nach dem Mund, und zwar um so ausfälliger, je länger dieser ruhig bleibt und schweigt. Ihren eigenen Eifer, denkt er, würde ich vermutlich besser kennenlernen, wenn sie mich an der Kasse im Supermarkt beim Vordrängeln erwischte.

Der Friseur, der ihm die Haare schneidet, erzählt zur gleichen Zeit, wie er letzten Sommer in Manhattan herumgelaufen sei und in ganz Manhattan vergeblich nach einem Glas Milch gesucht habe. Keine Milch, Whisky überall, aber kein Tropfen Milch, kriegen Sie nicht, so einen Teppich hatte ich auf der Zunge ...

Nun beginnt wieder, am frühen Morgen, um ihn herum das allgemeine Sprechen, das in Wahrheit ein vielfaches Durcheinandersprechen ist, worin sich das meiste wechselseitig bedeutungslos macht, worin fast alles nur halb so schlimm ist, denn es wird ohne Einhalt weitergesprochen und der Chor eines nicht abreißenden Geredes steigt über den Köpfen auf und es hallt, wie in einer mächtigen Kuppel, auf deutsch über Deutschland. Er kennt es nicht anders, seit Jahren, von den Buchhandlungen, in denen er gearbeitet hat; überall wo es Kunden gibt, entsteht dieses Gerede über Gott und die Welt und des Menschen Schicksal vom Wunderkind zum Unglückswurm. Es kommt immer wieder vor, daß er sich darin geborgen oder zumindest ganz gut aufgehoben fühlt, zumal wenn er selbst nicht mitreden muß. Er liebt das Geschwätz, weil es Überfluß ist. Wieviele unsinnige Wiederholungen gebrauchen die Leute, wieviele Widersprüche und Namen Dritter und doch, ohne sich zuzuhören, erzielen sie fast immer die schönsten Übereinstimmungen. Solange niemand schreit oder befiehlt, solange niemand in wirkliche Ausdrucksnot gerät.

Seit anderthalb Wochen arbeitet er nicht mehr. Er hat weder gekündigt noch sich krankschreiben lassen. Dabei hätte er allen Anspruch auf ein Attest. Verlassenwerden ist schließlich ein härteres Übel als eine Blinddarmentzündung.

Gegen Mittag nimmt er einen Bus zum Bahnhof Zoo. Der Wagen ist nach wenigen Stationen so überfüllt, daß er, im Gedränge, nicht einmal bewußtlos umsinken könnte. Eingeklemmt zwischen Schultern, Brüsten, Rippen bliebe er auch ohne Besinnung gerade stehen. An seinem rechten Hosenbein hält sich ein kleiner Schuljunge fest, als gehöre er zu ihm, und pfeift das Sirenensignal einer vorbeifahrenden Funkstreife nach. Er hat sich, im Moment, seines eigenen Alters vergewissern müssen.

»Wenn ein solcher Mann, wie ich nun einer geworden bin, mir als Kind begegnet ist, so habe ich ihn furchtsam angesehen und als Nazi empfunden.« Männern in seinem jetzigen Alter hat er damals nicht über den Weg getraut, denn ihre Kraft und ihre Ausgewachsenheit konnten sie, seiner Meinung nach, nur im Verbrechen und in der Ausschweifung erworben haben. Der Mann nämlich, dem er in Schutz gegeben war, der Vater, der ihm die Nazis erklärte, war selbst so sehr viel schwächer und schon so erbarmungswürdig alt, fünfundfünfzig Jahre älter als er, und hatte sein Männerleben fast schon hinter sich.

Noch lange nachdem der Hitlerstaat zerschlagen ist, erleichtert sich der Vater gern in Menschenverachtung, wenn er von dem oder jenem behaupten kann, er sei ein Nazi gewesen. Er schreibt an den Rand der Bücher »Nazischwein!«, wenn er einen Autor der »braunen Gesinnung« überführt hat. Nur daß er nie ein Kämpfer war, immer bloß ein Hasser. Durch ihn hat er im Affekt erfahren, was politisch ist, lange bevor er mitreden kann. Denn soviel spürt er immerhin: daß diese Leidenschaft von etwas Größerem herrührt, als Haus und Familie verursachen können. Später begreift er, daß sich der Vater nicht nur gegen Nazis, sondern gegen fast jede Richtung praktizierter Politik schnell und blind erzürnt. Es kommt zu schonungslosen Auseinandersetzungen, die ihn jetzt, in der Erinnerung, plötzlich wieder quälen. Das Qualvollste, das Unauslöschliche daran scheint ihm heute der tiefe Wirrwarr zu sein, der in den späteren Jungensjahren entstand, als sich politischer Eifer und sexuelle Triebmanöver miteinander vermengten. Nichts hielt mehr seinen Begriff, alles wurde im Affekt gesagt, und die verborgenen Motive liehen den vorgeschützten ihre subversive Kraft. Nie wieder hat er einen Akt der Zwiesprache erlebt, in dem Worte, und eigentlich: Fremd-Worte, ihn so gründlich berühren und verletzen konnten. Es waren ja keine Meinungsverschiedenheiten, es war ein tolles Vernichtungsgeschrei. Er glaubt, daß auch er dabei auf den Tod gehaßt worden ist. Das ändert sich erst in den Jahren der Aufklärung. Sein politischer Verstand gibt sich nun so geprüft und überlegen, daß er den Vater, daß er die eigne Herkunft aus Affekt und Kauderwelsch historisch-freundlich zu achten weiß. Heute fällt es ihm manchmal wieder schwer, einer erregten politischen Darstellung konzentriert zu folgen. Die Erregung lenkt ihn ab und die Frage: was steckt dahinter? wo nimmt der Redner seinen Eifer her? beschäftigt sein Interesse stärker, als es für das Verständnis von Programmen und Argumenten nützlich sein kann.

Im Zoologischen Garten, auf einer Bank im Schatten. Wärter gehen umher und spritzen die staubigen Sandwege. Zwei Rentner, jeder auf einer Bank allein, jeder ein japanisches Taschenradio neben sich, auf denselben Sender eingestellt, ›Rund um die Berolina‹. Freizeit bis zum Lebensende. Alle Tage Siebter Schöpfungstag. Er möchte um diese Stunde gern jemandem verzeihen. Aber er weiß nicht wem. Niemand in der Nähe. Das Ausruhen macht ihn weichherziger, als er verkraften kann. Ohne eine Harmonie mit irgend etwas, irgendwem geht es jetzt nicht weiter. Die Tiere rühren ihn nicht. Aber er spürt, daß der Glaube an Gott nicht mehr so fern liegt, wie es an geschäftigeren Tagen scheinen mochte. »Warum nicht? Warum sollte Er nicht in der allgemeinen Unordnung der steckengebliebenen Zeit seinen fairen Platz finden, neben so vielen ebenbürtigen Ungewißheiten? Er ist wohl auch nur ein Gefühl unter anderen.«

Eine strickende Mutter. Ihrer Hände Arbeit diebisch, maschinell, verrückt. Der erste Ärmel eines grauen Pullovers wächst ihr aus dem Schoß. Wie die Ameise in der Fabel sorgt sie für den Winter vor. Neben ihr döst der Sohn, ein aufgedunsener Junge. Sein Alter ist unkenntlich gemacht, er ist mongoloid. Nach einer Weile beginnt er sich zu bewegen, es ruckt im Urphlegma. Eine Beobachtung macht ihm zu schaffen. Es ist die Giraffe in ihrem Gehege, und er sagt auch »Giraffe«. Dazu schüttelt er den Kopf, wie es Erwachsene tun, wenn sie auf etwas Unerhörtes oder Ungehöriges reagieren; aber die Gebärde wirkt seltsam manieriert, männlich erfahren und frisch erworben zugleich. Ja, sagt seine Mutter, ohne von ihrer Strickarbeit aufzublicken, das ist eine Giraffe. Nun schüttelt er heftiger den Kopf und sagt zweimal schnaubend »Giraffe... Giraffe!« Er müht sich nämlich mit allen Kräften, etwas hervorzubringen, das weit über die blöde Identifizierung der Giraffe als Giraffe hinausreichen soll. Auf ihrem schmalen Kopf, zwischen den Ohren, hat die Giraffe eine Taube niedersitzen lassen und verscheucht sie nicht. Die Erscheinung könnte auch der Mutter ein kleines Staunen abgewinnen, sie ist mindestens ebenso apart wie die sprechenden Schnappschüsse jede Woche im›stern‹. Sie sieht aber nicht hin und sagt noch einmal: »Ja, das ist eine Giraffe, Herbert. Die Giraffe ist das höchste Tier auf Erden.« Der Behinderte nickt. Nun sagt er nichts mehr. Fehlschlag der Begeisterung. Kurz vor dem Sinn, vor der gesprochenen Freude muß er aufgeben und sinkt zurück in die Veranlagung. Eine Taube im Schraubstock. Der Kopf ruht wieder schief und teilnahmslos auf der Banklehne.

Die Minute des Behinderten hat ihn verständiger gemacht. Er sagt sich: »So geht es auch. So geht es nicht einmal schlecht. Wozu die vielen ziellosen Beobachtungen, das hastige Verständnis, das nach allen Seiten umherstreunende, wozu? Das eigentlich Sehenswerte wird doch immer nur als Bruchstück einer tiefen, mächtigen Typik auftauchen, die wir als Ganzes genauso schwer begreifen und festhalten können wie der Behinderte die Taube auf dem Giraffenkopf.«

Keine Nachricht mehr von Hannah. Sie ist zurück zu den Fremden. Von dort holt er sie nicht ein zweites Mal.

Wie war sich verlieben? Das abrupte Kennenlernen einer Unbekannten, die empfindliche soziale Entzündung, der Temperatursturz von fremd zu intim, der uns immer ein wenig erbleichen läßt. Die abrupte Nähe zu ihrer fremden Wohnung, ihrem fremden Geschmack, ihren fremden Kleidern, ihren fremden Freunden, ihrem fremden Selbstvertrauen. Das erste Mal mit ihr zu schlafen bereitete weniger Verlegenheit, als sie nach ihrem Nachnamen zu fragen. Und wieviel Wahnsinnstaten, wieviel Briefwechsel, wieviel Kosenamen und wieviel Gesetz sind einmal aufgewendet worden, um dieser Willkommensgeste biografische Bedeutung zu verleihen! Leidenschaft, Briefwechsel eventuell, Wahnsinnstaten gehören heute dem Ende allein, der Krise, der Trennung, dem Gehen.

Jetzt, kurz nach dem Zusammenbruch der Lust, sind dieselben Schmerzen wieder da, die er schon als Kind empfand. Es ist ihm, als sei er überhaupt nicht vom Fleck gekommen. Vielleicht lebt er ohne Vergangenheitssinn wie Schlemihl ohne seinen Schatten. Nach einunddreißig Jahren, denkt er, äußerlich gesehen, ein halbes Leben ohne Biografie. Stille Epoche, die keine Schicksale macht. In der er nicht richtig reif werden konnte. Von Bewußtseinsbeginn bis auf den heutigen Tag ein und derselbe starrausdauernde Zustand, ein Zustand mit Wachstum, Komfort und Reform, aber ohne politische Kraft, ohne Kämpfe, ohne Ruptur. Dreißig Jahre ausgewogene Gegenwart, in der er groß wurde und klein blieb, der dicke

Geist über dem Kopf, den unsere Existenz nicht in Bewegung setzen konnte.

Dem Gedächtnis der Dauer erscheint alles ebenbürtig präsent. Anstelle der Differenz, anstelle eines Zeitmaßes, das zwischen Hoffnung und Widerspruch, Erinnerung und Fortschritt unterscheiden kann, vermehrt sich eine seltsam gedrängte, sammlerische, nervöse Synchronität. Wir bewahren von uns ein vielfach überblendetes Gesicht. Gelegentlich zuckt es, doch ohne Risse, ohne Sprünge, ohne Verblassen.

Er spürt in seinen Fingern eine ihrer frühesten Berührungen wieder: wenn sie auf dem Handrücken des Vaters zupften, die erschlaffte, faltige, von Altersmalen befallene Haut. Das war und ist nun wieder zum Trauern und zum Fürchten. Stärker als üblich, denkt er, sehr viel stärker. (Denn das ihm Wesentliche darf doch unter keinen Umständen der allgemeinen Kindheitsforschung schon geläufig sein!)

Er kann sich nicht entsinnen, je wieder eine so wütende, eine so sehr gegen Gott aufgebrachte Angst gelitten zu haben, als wenn er unzeitig die Tür zum Eßzimmer öffnete und den Vater heimlich bei seinem Mittagsschlaf beobachtete. Er schlief immer aufrecht sitzend in einem hohen Sessel. Wenn er also diesen Unansprechbaren anstarren mußte. Eine halbe Stunde später jedoch trat der Vater zu ihm ins Zimmer und trank dort seinen Kaffee.

So feierte er jeden Nachmittag im stillen die Auferstehung des Toten. Die Sensation der Auferstehung hat dann Geschichte gemacht in ihm. Als nächstes gehört dazu ein Bilderbogen von Wilhelm Busch, den man ihm vorliest und zeigt, über dessen niedrigen, frauenfeindlichen Witz sich der Vater zu amüsieren weiß. Es geht um einen Mann, der sich aus Freude darüber betrinkt, daß er seine zanksüchtige Frau endlich unter die Erde gebracht hat. Doch dann, noch am selben Abend, kommt sie plötzlich zurück, steht wieder in seiner Tür. Sie war nur scheintot, so heißt es in den Versen, und auf dem Bild erscheint sie in gräßlich freudiger Gestalt. Bei diesem Anblick stirbt ihr Mann vor Schreck. Und doch hat das Cartoon von Busch auf dem Wege des Entsetzens Trost gebracht: es war dort im Bild bewiesen die Widerrufbarkeit des Todes, die mögliche Umkehr aus letzter Abwesenheit. So wirkte die scheintote Madam Sauerbrot eigentlich trostreicher noch als der auferstandene Gottessohn. Denn der macht ja nicht weiter, nach dem Wunder, er verschwindet für immer auf seiner Himmelfahrt.

Jahre danach die Ära der Spätheimkehrer, die Vermißten-Religion, die gewaltigen Wiedersehen auf westdeutschen Bahnhöfen, wie er sie in den Wochenschauen der ersten Kinobesuche miterlebt, das sind echte Verwandlungen der Sauerbrot. Auch manches in der Literatur bereitet einen ähnlichen Schauer, die Zombies von Haiti, Shakespeares anwesende Geister. Aber nicht das Geistige oder das Geisterhafte zieht ihn an, immer nur der konkrete, ruhige, todeserfahrene Körper. Aus demselben Milieu von Hinterlassenschaft, Verflüchtigung und leiblichem Rest entstehen Furcht und Begehren, die ihn schließlich an das Schriftliche binden, an das Buch und später den Buchverkauf, seinen erlernten und in Haßliebe ausgeübten Beruf. Das erste Wort, das er deutlich schreiben kann, ohne Lücken zwischen den Buchstaben, ist Richard, der eigene Name. Als es fertig ist, bringt er es den Eltern und sie legen es in die Mappe ein, in der schon sein erster Zahn, seine ersten Haare, seine ersten Fingernägel aufbewahrt werden. Sie legen seine Schrift zu den ausgeschiedenen und leblosen Dingen seines Körpers, die sie für ihn sammeln wollen.

Für H.

1

Nun läuft die Schrift. Es gibt kein Entkommen mehr.

Ich habe mich jemandem anvertraut, der sich selbst verleugnet.

Der Tag bricht ab, auch er, ohne einen Sinn zu erfüllen. Hört auf, mitten im Spiel, während die halbe Welt noch redet und blättert und packt.

Heute keinen Pfennig in bar ausgegeben, da ich wieder mein Zimmer nicht verlassen habe.

Ich sagte einmal laut: mein Lockbuch, sagte aber auch: meine Denkzettel für H.

Mein Verlassensein von H. nimmt zu.

Ich schäme mich, es zu erzählen. Ich schäme mich meiner Handschrift. Sie zeigt mich in voller Geistesblöße. In der Schrift bin ich nackter als ausgezogen. Kein Bein, kein Atem, kein Kleid, kein Ton. Weder Stimme noch Abglanz. Alles ausgeräumt. Statt dessen die ganze Fülle eines Menschen, verschrumpelt und verwachsen, in seinem Krickelkrakel. Seine Zeilen sind sein Rest und seine Vermehrung. Die Unebenheit zwischen Minenaufstrich und blankem Papier, minimal und den Fingerkuppen eines Blinden kaum ertastbar, bildet die letzte Proportion, die noch einmal den ganzen Kerl umfaßt.

Wenn gesagt wird, der alte Z. sei einmal ein Schriftsteller *gewesen* und habe eben nach der ›Unbestimmten Novelle‹ nichts mehr geschrieben, so heißt das nicht, daß er unterdessen nicht geschrieben hat. Er schrieb vielmehr unablässig, doch schrieb er nichts. Er kopierte die Briefe seiner Frau, die ihn vor fünf oder sechs Jahren verlassen hatte, nach fast einem Menschenalter, in dem sie mit ihm ein und dasselbe Zimmer geteilt hatte. Das radikale und liebeskranke Werk, das Z. im Alter schuf, erfüllte sich darin, ihre Handschrift in immer feineren Nachahmungen wiederzugeben. Er lernte, aus der Bewegung ihrer Schrift die Bewegung ihrer Hand sich einzuverleiben, die Bewegung ihres Arms, die Bewegung ihres ganzen Körpers, schließlich die Bewegung ihres Denkens und Fühlens. Ihre Briefe – an Originalen mag es nicht mehr als ein Dutzend gegeben haben – lagen nun in unendlichen, unzähligen Vervielfältigungen vor, die am Ende so vollkommen kopiert waren, daß Z. selber unter ihnen die ursprünglich von seiner Frau geschriebenen Briefe nicht mehr ausfindig machen konnte und sie also eigentlich verloren hatte.

In der Tiefe der Sprache wachen die Solözismen, die Sprachschnitzer. Eher sprechen wir verkehrt, bevor wir verstünden, woher es kommt.

Meines Wissens sehe ich genauso aus wie der da.

Wozu ihn grüßen? Ihn offen anblicken und nicht grüßen. Das wird ihn stärker berühren.

In der Übermüdung, in der Erschöpfung bleibt der Blick manchmal etwas zu lange an den Augen des anderen hängen. Es scheint für ihn, der nicht so müde ist, unendlich viel zu bedeuten.

Biografiebewußte Menschen, nicht nur die erfolgreichen, sagen gerne: »Es hat mich nie etwas von meinem Weg abbringen können . . .« Dem kann ich nur entgegnen: es hat mich alles immer und immer aufs neue von meinem Weg abbringen können. Unbeirrt bewege ich mich erst, seitdem die Lage ausweglos ist.

Sie überliest mich, fürchte ich, überliest mich. Noch einmal von vorn, in Ergebenheit.

Sie nimmt mich mit großen Augen an. Jedoch, wie ich sehe, ist es nur ihr wacher Eigensinn, der mich mustert. »Wie sehr du mir gefällst!« sagt sie und weicht zwei Schritte zurück, da ihr unheimlich wird.

So wie ich jetzt meine Tage verbringe, geschieht es unter dem aufgesperrten Auge einer Vermißten. Wenn es mir ein bißchen besser geht, dann richte ich mich auf in ihrem Blick und stelle mich gerade hin. Geht es mir aber schlecht, dann mache ich mich klein und kauere mich unter ihr unterstes Lid. Ich laß mich einfach leben, und das genügt wohl nicht.

Die dröhnende Lautsprecherstimme von der *Erinnerungs*tribüne antwortet dem undeutlichen, erregten Zwischenrufer aus der *Gegenwarts*menge mit großer Gelassenheit: »Ruhig, mein kleiner Schreihals, ruhig! Bedenke, am Ende wirst du nichts gesagt haben, gar nichts. Denn ich allein werde dir immer Mund und Stimme gewesen sein.«

Tagsüber bei geschlossenen Vorhängen, durch die kein Sonnenstrahl eindringt. Meine Untätigkeit. Kein Ausgang. Die lampenbeschienene Art nachzudenken, die nichts anderes ist als eine dankbare Betrachtung meiner fantastischen Dummheit, meiner immer noch trostspendenden Dummheit. Was mein Leben ist, kommt hier als Erscheinung aus dem Jenseits an, die an meinem Tisch rückt und deren entmündigtes Medium ich geworden bin. Was in diesen Séancen geschrieben wird, könnte man gewissermaßen ein *Biograf* nennen: das Leben hat, nach der Niederwerfung des Subjekts, damit begonnen, seinen Rest selber zu schreiben.

Den Sinn eines wissenschaftlichen Versuchs enthüllt erst sein Scheitern. Die Kraft, die eine Liebesbeziehung bewegt hat, kommt erst im Bruch zur größten Wirkung. Eine Frau, die die Trennung einleitet, bedient sich gleichsam der naturwissenschaftlichen Methode, indem sie die Liebe als langwierige Verkettung von Irrtümern entlarvt, keinerlei Metaphysik, also auch kein früheres Glück mehr anerkennt und in jedem verbindenden Element den Rostfraß der Verblendung nachweist.

Was das Normale ist, in seiner überwältigenden Macht, bekommt man vielleicht erst beim normalen Scheitern zu spüren, so physisch, so analytisch. Jeder, der einer Trennung oder Zerstörung ausgesetzt ist, erfährt dies als das Negative und als das Besondere, während ihm das Zusammenbleiben als das Positive und das Allgemeine erscheint. In Wahrheit liegen die Verhältnisse jedoch umgekehrt, und das Negative, das Scheitern, die Trennung, der Irrtum machen das Allgemeine aus, wofür allein schon Zahlen und Tatsachen sprechen. So ermittelt schließlich die äußerste Subjektivität des Scheiterns den einzig verläßlichen Erfahrungswert für das Wort »normal«, das ja im übrigen ziemlich unnahbar ist.

Als Hannah ging, verkaufte ich eine Radierung von Beckmann, die mir als Kunstwerk nie sehr viel bedeutet hat. Ich erbte das Blatt vor Jahren und verwahrte es als Notgroschen in einem Tresor der Bank für Gemeinwirtschaft. Nun brachte mir das kleine Werk des deutschen Expressionisten immerhin ein bescheidenes Vermögen von – Mehrwertsteuer, Versicherungsgebühren usw. abgezogen – DM 24870. Ich dachte, davon kannst du, arbeitslos, eine Weile leben. (»Du sollst dir deinen Schmerz leisten dürfen!«) Ich legte alles auf ein Postscheckkonto, das brachte zwar keine Zinsen, aber eine Menge Bequemlichkeiten. Ich konnte mir z.B. mein Geld in bar, durch den Briefträger, ins Haus bringen lassen, ohne mich von meinem Tisch zu rühren; vorausgesetzt, Frau N., die Zugehfrau, half mir und steckte das gelbe Kuvert mit dem Scheck auf dem Nachhauseweg in den Briefkasten.

Inzwischen besitze ich nur noch DM 1340,53. Das ist nicht sehr viel. Während ich meine Blätter für H. fülle, sinkt das Konto unaufhaltsam gen null. Wovon mag sie jetzt leben?

Welches ist der Sinn der Unterbrechung, die sich mir aufzwingt, wenn ich schreibe, und der ich mich füge, ohne sie zu verstehen? Woher diese stockende Lust? Ansatz, Absatz, aus. Und wieder von vorn: Ansatz, Absatz, aus. Sekundenlang anfangen, um in Sekundenschnelle wieder aufzuhören.

Die Trennung scheint sich, eine Familie der Brüche, in alle Lebensverrichtungen auszusiedeln. Überall ist der »stete Fluß« unterbrochen. Die Nahrungsaufnahme nur in unregelmäßigen Brocken, die Ausscheidung behindert, der Schlaf zerrissen von den Alarmpfeifen der Angst, der Entbehrung; infolgedessen bildet das Schreiben (das ich immerhin brauche, damit irgend etwas nach außen kommt und ich nicht ganz durch mich verschluckt werde . . .) die aufbegehrende Mitte all dessen, was verstopft, geteilt und eingeschnürt ist.

Keine andere Form des gewöhnlichen Scheiterns, weder Krankheit noch Ruin oder Versagen im Beruf, findet einen solch tiefen, grausamen Widerhall im Unbewußten wie die Trennung. Sie rührt unmittelbar an den Ursprung aller Angst und weckt ihn auf. Sie greift mit einem Griff so tief, wie überhaupt Leben in uns reicht.

Ausgestoßen, in Atemnot, aus einem kurzen, würgenden Schlaf. Die panische Gewißheit: das Herz schlägt nicht mehr, es steht! Jetzt, deine letzte Chance, aufwachen, die Lage begreifen, dein stilles Herz selber massieren! Ich sagte: es ist ganz unmöglich, diesen Zustand länger zu ertragen.

Nichts umtreibender, als mit einem Ende des Zwiegesprächs allein zurückzubleiben. Du hörst dich dauernd mit ihr sprechen!

Ich habe einmal von der Angewohnheit des Mohave-Indianers gelesen, auch dann noch weiterzusprechen, wenn der Partner sich längst verabschiedet hat und fortgegangen ist. Genau so ergeht es mir. Der Indianer und ich, wir achten die normalen Distanzen nicht; wir glauben, daß unsere Worte den Partner noch erreichen, selbst wenn er nicht mehr zu sehen ist.

Niemals habe ich eine größere Freiheit und Sicherheit in der Sprache gefunden als im Dialog, der unter Einfluß eines körperlichen Verlangens geführt wurde. Begehren und Gedächtnis reizten einander, das eine exaltierte im Schutz des anderen. Es ging dabei um gar nichts, es wurde sich anvertraut, das war alles. Der Entzug des Zwiegesprächs wirkt wie der eines Rauschmittels. Die einst stimulierten Organe erkranken, die Intelligenz, die Lust und die Bewegungsfreude, die Stimme.

Ich habe mir einen kleinen Satz erfunden, in den ich ab und zu hineinschlüpfe, wenn ich mir nichts mehr vorstellen kann. »Es war schon Morgen, als sie sich trafen, und die Sonne kroch ans Licht und ging zu ihren Füßen auf.« Das ist nichts anderes als früher die Laubsägearbeit. Ein selbstgefertigter Harlekin konnte einen immer noch erheitern, wo der gekaufte längst als kindisch abgetan wurde.

In der Tegler Strafanstalt hat sich ein Häftling auf eine Weise das Leben genommen, zu der ich nur mit dem Kopf nicken kann. Ich las einen ausführlichen Bericht im ›Abend‹, den Frau N. mir manchmal daläßt. Der Mann hatte zwei Drähte mit der Steckdose der Zelle verbunden und in seine Ohren eingeführt. Dann trat er mit nackten Füßen in eine Wasserlache. Man fragt sich, warum das nicht öfter so gemacht wird. Vermutlich bieten aber die wenigsten Zellen Gelegenheit zu einem derart mühelosen Freitod.

Dieser Gefangene saß seit zweiundzwanzig Jahren ein. Er hatte, kurz nach der ersten Wirtschaftsblüte, seinen Geschäftspartner, einen Gemüsegroßhändler, erschlagen. In den letzten Tagen vor seinem Selbstmord, so hieß es in dem Bericht, habe er sich in sonderbarer Erregung von seiner Lieblingsbeschäftigung, dem Malen und Zeichnen historischer Trachten und Kostüme, abgekehrt. Es sei übrigens in der Anstalt bekannt gewesen, daß der ganze Kunstwille des Häftlings seit Jahren danach drängte, Landschaften zu malen. Jedoch habe er sich diese nicht mehr vorstellen können und sich immer geweigert, »freie« Landschaften nach Vorlagen zu malen, von denen er für seine Trachten- und Kostümbilder – alle ohne Kopf, nur bis zum Halsansatz – ohne Hemmungen Gebrauch machte. Dabei war er, wie ich glaube, bis an jene tödliche Grenze der Nachahmung gelangt, die den Meisterkopisten plötzlich vor seinem Machwerk zurückschrecken läßt. Er aber wollte kein Kopist sein und sah voller Verzweiflung, daß er, gerade wenn er sein Äußerstes gab, doch immer nur das äußerst Ähnliche zustande brachte. Er hatte sich ans Ende seiner künstlerischen Bewegungsfreiheit gemalt. Eine zweite Zelle von erstikkender Enge umgab ihn, aus der keine Fluchtwege nach innen mehr möglich waren.

Novalis, nach Sophiens Tod, inspiziert täglich den Zustand seiner Trauer und führt sehr entspannt Buch darüber. Er vermeidet in diesen Notizen jede Reflexion und jede Form von Nebensätzen. Es scheint, als könne er seinen Schmerz vertreiben durch die gedankenfreien Bulletinsätze und durch eine einfache Grammatik wieder zu sich kommen. »6. (May) ... Ich kann mit meiner Treue, mit meinem Andenken zufrieden seyn. So vergnügt, wie gestern Abend legt ich mich aber nicht zu Bette – ich war unruhiger ... 8–9–10. (May) Von Vorgestern weis ich nicht viel – Es war aber, wie gewöhnlich. Gestern früh fuhr ich mit K(reis) A(mtmann) hieher. Nachmittags that ich etwas – ich übersetzte aus Horaz – sehr lebhaft war meine Erinnerung nicht. Heute nahm ich abzuführen ein – früh nichts gethan, als übersezt. Mir war recht wohl. Nach Tisch hatt ich noch einen schönen Spatziergang im Garten – das Wetter war herrlich – eine lebhafte Erinnerung an sie – dann arbeitete ich noch ein wenig – gieng spatzieren – pflückte Blumen und hin an Ihr Grab. Mir war sehr wohl – ich war zwar kalt – aber doch weinte ich – Der Abend war sehr schön – Ich saß eine Zeit auf ihrem Grabe – Sie läuteten Feyerabend – Ich gieng nachher zurück – schrieb oben einige Reflexionen auf – es gieng zu Tisch – Nach Tisch ward ich wieder sehr bewegt – ich weinte heftig auf dem Platze; ich sprach mit der Ma Chere. Abends mit dem Hauptmann über dis und jenes.«

2

Schon wieder heute. Der wievielte Teil eines welchen Ganzen?

Einige Zahlungsvorfälle.

Plötzliche Zustände von Mannesalter, die mich jedoch genau so wenig ernüchtern können wie das tägliche Fernsehprogramm.

Post für Frau Hannah Beyl! Wohin damit? Ich weiß nicht, wo sie jetzt zu Hause ist. Die Stadt ist groß, und sie kennt viele Menschen, die ich nicht kenne.

Vielleicht könnte ich den Sommer überstehen, wenn ich ihr zurückgebliebenes Eau de Cologne regelmäßig benutze. Der Duft würde mir die schlimmste Gegenwart vom Leib halten.

Die Putzfrau kam, Frau N., und fragte, wo H. eigentlich »abgeblieben« sei. Wieder hat sie darüber geklagt, daß zuviele Türken in der Stadt leben. »Die Türken, die kann ich nun mal nicht ausstehen. Kakerlaken sind das. Aber ich sage Ihnen, ich geh in die Obstläden von denen, und die Türken haben das beste Obst in ganz Berlin, da können Sie sagen, was Sie wollen. Und bedient werden Sie da wie die Fürsten. Die Türken reiben jeden Apfel morgens in der Frühe ab. Kein Apfel angestoßen, keine Pelle fleckig . . .« Immerhin wohltuend, wie schnell sich in ihr, gegen das nachgebetete Vorurteil ihres Mannes, daß die Türken Kakerlaken seien, das sinnlich geprüfte Urteil der Hausfrau durchsetzt, daß diese Türken das beste Obst von Berlin verkaufen. Ich gab ihr drei gelbe Postscheckbriefe mit auf den Nachhauseweg.

Sie ist ja blind für ihr Unglück.

Sie erzählte mir zutraulich von ihren Eltern Wie ich es genoß, daß ich jemandem mit Milde zuhören durfte! Ich dachte, da ist jemand, der möchte dir von zu Hause erzählen; damit bist du doch nach irgendeiner Richtung hin anerkannt. Vielleicht aber war die ganze Erzählung in Wahrheit eine verhohlene, aber drängende Befragung, ohne daß ich es bemerkt hätte. Vielleicht wartete sie auf Widerspruch, Stellungnahme oder irgendeine Antwort von mir, statt mich nun blöde hören und lächeln zu sehen.

Eine Baggerschaufel, nach Feierabend, aufgeklappt auf dem frisch geteerten Boden. Unvermeidlicher Durchblick: ein alter Mann liegt auf dem Pflaster mit aufgeklapptem Mund, sein Gebiß neben der verkrampften

Hand, ein Speichelfaden verbindet es mit des Toten Innerem.

Sinnüberladene leere Schaufel – das Ding ist nur noch ein unscheinbares Anhängsel am übermächtigen Symbol.

Schlaflose Kinder gehen spät in der Nacht unter meinem Fenster vorbei. Wie tagsüber nach Himbeereis, schreien sie jetzt lüstern nach Schlaf.

Um jemandem einen Weg zu zeigen, der ihn ins Unglück führen wird, verschüttet man ein Salzfaß und malt im Salz den Weg auf.

Trauer, Widerlager der Schrift. Sie bewegt sich nicht. Irgendwann vielleicht löst sie sich sanft in nichts auf, und von einem Tag zum anderen, plötzlich, stehe ich trauerlos da. Was dann? Fürchterliche Erlösung.

Eine Ampel, die der Fußgänger selbst betätigt, in der Nähe meiner Wohnung; ich kann, wenn ich den Vorhang zur Seite hebe und die rechte Schläfe an die Scheibe drücke, bis dorthin sehen. Vergangene Nacht habe ich eine ältere, vielleicht nicht mehr besonders gefragte Prostituierte beobachtet, die diesen Überweg in einen Laufsteg verwandelte. Sie drückte die Ampelschaltung und brachte einige Autos zum Anhalten. Vor ihnen her schlenderte sie über den Fahrdamm, um jedoch kurz vor der anderen Straßenseite wieder umzukehren. Zuerst dachte ich, sie widerlegt ihren Weg, sie zieht ihre Schritte zurück, ein gutes Zeichen. Mit der Wiederholung stellte sich aber heraus, daß sie niemals an Überquerung dachte, wenn sie los ging. Sie hatte kein Ziel als den unübersehbaren Gang hin und zurück. Dabei bediente sie sich des Stop-Zeichens als einer Art Reklamesignal für ihren Körper und setzte den öffentlichen Zweck der Ampel außer Kraft. Ich muß zugeben, daß sie mir, indem sie den festen Sinn dieser Einrichtung aufhob und überspielte, plötzlich sehr begehrenswert erschien; so als hätte ich zum ersten Mal einen erotischen Eindruck davon empfangen, was es heißt, gegen die guten Sitten zu verstoßen. Auf dem halben Rückweg wurde sie jedes Mal vom Fußgängerrot überrascht, doch beschleunigte sie deshalb ihre Schritte nicht. Die Autos fuhren an, der eine oder andere Fahrer rief ihr etwas zu, aber kein Wagenschlag öffnete sich für sie. Statt dessen mußte sich jemand über ihre Verkehrsbelästigung beschwert haben. Nach einer Stunde etwa fuhr ein Streifenwagen heran, und zwei Beamte überprüften ihre Papiere. Sie schienen sie zu ermahnen, diesen Unsinn zu unterlassen; ich sah, wie sie gehorsam nickte, den Blick nicht vom Boden hebend, wie ein Kind, das man zuerst bestraft und dazu noch zur Einsicht zwingt, daß es seine Strafe verdient hat. Die Szene mit den Polizisten verlief ohne die üblichen Frechheiten und Scherze. Als ich aber nach zwei Stunden wieder aus dem Fenster sah – es wurde allmählich Tag –, da machte sie wieder ihre scheinbaren Überquerungen. Das Ampelrot strahlte nun leuchtender noch gegen das fahle Morgengrau.

Bin ich bekleidet, bin ich es nicht? Ist es Fortschritt, ist es Wiederholung? Ich weiß es nicht, durch Musik. Duo f-moll für Klarinette und Klavier, Brahms, sehr spätes Werk, auch für Bratsche notiert. Alle Wege der Klarinette führen abwärts; schweres Niedergehn, unruhiges Verebben oder Sturzläufe, dem Ausklang entgegen, der aber nicht das Ziel ist, sondern der Mittelpunkt, die Belebung, der Wind dieser Musik. Klarinette in B. Verwaisender Klang in höheren Lagen. Nicht zuhören! ruft sie und nimmt ihren Freund, das Klavier, beiseite. Ich kann nicht verstehen, was sie sagen.

»Das Leben geht weiter« – mit diesen Worten will man jemanden trösten, der untätig am Rande sitzt und noch ein wenig trauern möchte. Ein starker Arm legt sich um seine Schulter und führt ihn zurück zu seinem Arbeitsplatz. »Die Arbeit wird dich ablenken« – so lautet der zweite Titel jener Trostkur, die Heilung durch Verdrängung verspricht. Aber gerade das will der Verlassene mit seinem Schmerz nicht anstellen: ihn verschieben oder unterdrücken, gar preisgeben. Gewiß war ihm die Verschwundene niemals näher als jetzt, da er sie so lebhaft entbehrt. Er braucht Stillstand, nicht Beschäftigung, er braucht Urlaub zum Erinnern, Flitterwochen nach der Trennung, er hat sich mit einer Abwesenden vermählt.

Man glaubt allgemein, daß der Mensch kein spezifisches Gefühl für die Liebestrennung besitzt; daß der Schmerz des Verlassenen letztlich nicht zu unterscheiden weiß, ob die Geliebte gestorben oder nur in neue Lebensumstände übergewechselt sei. So hat man die Trennung »einen Tod mitten im Leben« genannt. Ich weiß nicht, ob das stimmt oder ob es doch nur ungefähr und metaphorisch stimmt, wie so manches in der Begriffswelt der Psychoanalyse. Ich weiß hingegen ganz sicher, daß ich hier keine Blätter für H. füllen würde, wenn ich wüßte, daß sie nicht mehr am Leben sei. Ich schreibe ja nicht ihr Andenken. Ich überbrücke eine gefährliche Unerbrechung unseres Gesprächs. Wüßte ich, wo sie steckt, bekäme sie das alles in Dutzend Briefen zugeschickt. Ich will sie wiederhaben!

Ich sah schließlich nur noch die Dinge, den ganzen Plunder, mit dem ein Mensch auf sich aufmerksam machen will; so wie er redet, wie er geht, sich frisiert, die Hände hält, seine Krankheit zum besten gibt – ein einziges schäbiges Schmuckprogramm, alles Ausstattung, alles billige Reklame. Der gesamte Organismus scheint dabei mitzumachen, überall ruft es und winkt es: »Sieh nur her, sieh doch her!« Übergesichtig sind die Leute. Jeder ein Zuviel, ein Supermarkt, überschwemmt mit Merkmalen, Hinweisen, Blickfängen, durch die man kaum noch zur Ware findet. Wir geben alle dauernd mit uns an, und auch die Einsamkeit wird uns davor nicht mehr bewahren. Wir sind durch und durch veröffentlicht. Wir machen uns interessant und immer interessanter. Undurchdringliche Erscheinungsvielfalt einer Person und ihrer Motive beharrliche Einfalt. Kein Augenblick, wo der *Typ* einmal für sich sein könnte – wann sehe ich einmal seinen irreduzibeln, unzersetzbaren Ernst? Doch nur, wenn er ganz in sich zusammensinkt. Vielleicht nur diese vier, fünf Intensivstationen der Normalität, Schrei, Trauer, Glück, Fanatismus, in denen das verschwenderische Geschäft mit der Personifizierung eingeschränkt und die Person zu einem einzigen, klar erkennbaren Ausdruck zusammengefaßt wird.

Ich habe übrigens auch von einem der mühevollsten Selbstmorde gelesen, der wohl je verübt wurde. (Alvarez erwähnt ihn in seinem Buch ›Der grausame Gott‹.) Ein Mädchen in Polen, das an seinem Liebeskummer zu sterben wünschte, zugleich aber das Ende möglichst lange hinauszögern wollte, aß sich durch die Überzahl der Dinge in seiner engen Umgebung hindurch, hinaus in den freien Tod. Es stopfte sich nach und nach mit unverdaulichen Stücken zu bis an den Rand. Innerhalb von fünf Monaten verschluckte es: vier Löffel, drei Messer, neunzehn Münzen, zwanzig Nägel, sieben Fensterriegel, ein Messingkreuz, einhundert und eine Nadel, einen Stein, drei Glasscherben und zwei Perlen ihres Rosenkranzes.

Vielleicht wäre die Krankheit, entbunden vom Schmerz, der weitaus erstrebenswertere Körperzustand, der uns von der Existenz viel mehr spüren ließe, eine größere Fülle durch die sanfte, anregende Begleitung des Todes; während der Gesunde doch das Gefühl nie los wird, er bekomme nicht genug vom Leben.

Bin nicht mehr besonders schaulustig. Ich habe im TV schon zuviel verschwinden sehen, als daß mein Herz noch an Bildern hinge.

Meine einzige Anstrengung soll es sein, Hannah zu rühren. Obwohl ich doch weiß, daß am Ende nur derjenige rühren wird, dessen einzige Anstrengung fehlschlägt.

Häuser, Straßen, Übergänge, Verabredungen, damals in Berlin, Arztbesuche, Arbeit, Geldausgeben (mitten in der Nacht vom Sparbuch abheben auf dem Postamt in der Goethestraße), Gewässerlauf und Kino, Trabrennbahn, immer unterwegs, morgens den Kaiserdamm hinunter, die Bismarckallee, Straße des 17. Juni, bis an die Sperre; Grenzwechsel in der Mittagsstunde, nachmittags Unter den Linden in Gegenrichtung zurück, wieder bis an die Schwelle des Bruchs. Die Trennung einmal ausgeschritten, nicht ohne eine gewisse schizophile Genugtuung, als Sammler des Geteilten. In Erinnerung bleibt man sich immer als Gehender, die Erinnerung macht alles zur Passage – aber wie war das Warten und Versäumen, wie das Nicht-mehr-weiter-Wissen? Die Erinnerung schweigt davon.

Seit Wochen verfolgt mich ein winziges, aber überdeutliches Biograf, zu dem ich verzweifelt das zugehörige Subjekt suche. Irgendwer hat mir – ganz nebenbei! – erzählt, daß er einst vom Ufer zusah, wie sein Vater, der auf der Edertalsperre ruderte, vom Blitz erschlagen wurde.

Wer war das? Ein kurzes, unübertreffliches Unglück, schon beizeiten hinter sich gebracht. Ich weiß nicht einmal, ob es einer Frau oder einem Mann passiert ist. Die Person des Erzählers ist vollständig verlorengegangen. Man wird mir, im Handumdrehen!, nachweisen, daß ich mich, aus den bekannten durchtriebenen Wünschen, allzu lebhaft in die Äußerung hineinversetzt und den wahren Autor verdrängt hätte. Meinetwegen, mag es so sein. Bin ich eben ein Vatermörder. Die erklärende Psychologie wird mir solange gleichgültig bleiben, bis sie mir überzeugend dargelegt hat, weshalb sie mir so geheimnisvoll gleichgültig ist. Und das wird sie mit ihren Mitteln nicht schaffen. Unterdessen will ich mich weiterhin einer Art der Analyse zuwenden, deren Worte an der Realität des Unbewußten mitwirken und diese eher zu vermehren suchen, statt sie der alternden Idee einer Enthüllung zu unterwerfen.

Die Ich-Forschung ist allerdings immer Sache eines anderen. Jedenfalls verhält es sich seit einem halben Jahrhundert so. Seitdem kennt die Geistesgeschichte der Paarfiguren ein neues Gespann: den einen, der unentwegt redet, und den anderen, der schweigt und versteht.

Amiel, um die Mitte des vorigen Jahrhunderts, konnte noch von sich behaupten, der einzige und unbestrittene Experte auf dem Gebiet seiner Person zu sein. Während er als Dichter und Universitätslehrer, wie er sagt, über das Mittelmaß nie hinausgelangte, befreite ihn sein Tagebuch von dem Gefühl »allzu ausgeprägter Unterlegenheit gegenüber den Fachleuten«: »Hier kannst du von der Stufe des Liebhabers zu der des Kenners aufsteigen.« Und doch untersucht der Diarist, der Empfindungsforscher in seinem geheimen Werk über sich selbst schließlich nur ein gelähmtes, ein abgetötetes Subjekt. »Die Selbstanalyse ist das Scheidewasser, in dem ich mein Leben auflöse. Mein Instinkt ist konsequent.« Amiels intimes Journal ist ein Werk ohne Ziel, seine Form die der gleichmäßig endlosen Fortsetzung. Diese Form ist dem Autor einverleibt. Er fühlt sich überdauern. Er schreibt auch ohne Leben weiter. »Es ist mir, als wäre ich eine Statue am Strom des Lebens, als wohnte ich einem Mysterium bei, aus dem ich alt und zeitlos hervorgehen werde. Ich fühle keine besondere Begierde, Furcht, Bewegung oder Begeisterung, ich fühle mich namenlos, unpersönlich, das Auge starr wie ein Toter, der Geist weit und unbestimmt wie das Nichts oder das Absolute. Ich bin in der Schwebe, ich bin, als wäre ich nicht.« Wenn Amiel, nach über dreißigjähriger Selbstbeobachtung, schließlich dem physischen Tod begegnet, so scheint das Bewußtsein, nun tatsächlich zu sterben, nicht den geringsten Einfluß auf seine Schreibweise zu nehmen. Wenn nur seine Hand nicht fiele, er beschriebe seine letzten Atemzüge noch, und zwar unverändert im selben Stil, in dem er als junger Mann angefangen hatte zu schreiben. Ohne Angst, ohne Klage, ohne Erwartung, ohne Ausrufezeichen. »Feierlicher Tag. Beim Morgengrauen war ich dem Tode nahe. Man hat mich wie ein Kind gewaschen, gekämmt, eingerieben und angezogen. Aber da die Zeit drängt, habe ich den ganzen Vormittag darauf verwandt, meine Sachen in Ordnung zu bringen. Jeder Schritt, jede Bewegung preßte mir einen unwillkürlichen Seufzer ab ... Aber ich muß abbrechen. Das Schreiben macht mir übel.«

Ungerührt vom Tod, nur von sich selbst gerührt zu sein, das ist die letzte Konsequenz dieser Biografie. Es scheint, als bringe der Tod lediglich den Autor in Verlegenheit: Wie schade, sagt er, mein Ich stirbt, mein einziger und bester Gegenstand geht dahin. Wie soll es nun weitergehen?

Der heutige Tag hat sich früh verdunkelt, nach einem schönen, fiebrigen Morgen. Er war schon einmal fast vorbei. Kurz vor dem Abend tritt nun ein zweites Mal die Sonne in reiner, geneigter Helle hervor. Was mögen diejenigen denken, die jetzt noch immer auf ihrem Ausflug sind und über eine Wiese abwärts gehen?

3

Nun sein in die offenen Hände vergrabenes Gesicht ... In wessen Hände? Wer hält plötzlich seinen Schädel wie eine aufgeschnittene Melone? Tut es weh oder ist es Geborgenheit, sich von einem Fremden beschrieben zu fühlen, einem getreuen Biografen der leeren Stunden, von jemandem, der bis zuletzt den Überblick bewahrt?

Richard ordnete die Aufzeichnungen der vergangenen Tage und ging damit hinüber in ihr Zimmer. Er vergaß nicht anzuklopfen, wie er es immer getan hatte. Er legte seine neuesten Äußerungen auf ihren Schreibtisch, den sie mit Büchern überfüllt und unordentlich zurückgelassen hatte.

Warum ist sie weggegangen? Er war der Antwort um keinen Schritt nähergekommen. Und doch gab es keinen anderen Weg, als den Grund beharrlich weiter bei sich selber zu suchen. »Etwas habe ich ihr getan, ohne es selber zu merken. Und nur das kann es sein, daß ich es nicht einmal merkte, weshalb sie ohne Zögern fortging, plötzlich, ohne jede Auseinandersetzung. Nun muß ich alleine herausfinden, was es war, das ich nicht merkte ... Wann hätte ich je geglaubt, daß ich mein nur dem Buchhändlertum dienendes Literaturverständnis einmal benutzen würde, um damit um Menschenverständnis zu ringen? Mit den Mitteln eines –?«

Dann sagte er nichts mehr. Der Abend verlief ruhig. Er legte den Kugelschreiber aus der Hand und hörte noch, wie die Spiralfeder sich leise zurückdehnte. Das letzte Geräusch vor dem hereinsinkenden gedankenlos starrenden Blick. Er schaltete das Fernsehen an und wanderte über die fünf Programme, bis es keines mehr gab und die Nacht in hellem, brausendem Flimmern unterging.

4

Eines Morgens bekam Richard Besuch. Ein junger Mann, der ihm unbekannt war, stand vor der Tür und fragte, ob Hannah da sei. Ehe Richard antworten konnte, hatte er sich in den Flur gedrängt und die Wohnungstür hinter sich geschlossen. Er hieß Fritz, ein untersetzter, feister Junge, nicht älter als Mitte Zwanzig. Er trug einen getrödelten Gabardineanzug, dessen Jacke er, wegen der drükkenden Hitze, im Arm hatte. Er sprach hastig, von lauten, fast seufzenden Atemzügen unterbrochen, und erzählte sofort, ohne auf Richard zu achten, daß er drei volle Tage in Gesellschaft von H. verbracht habe, »grenzenlose Tage« angeblich, daß sie nun aber, seit fast schon einer Woche, ohne Gruß oder Nachricht zu hinterlassen, also spurlos verschwunden sei . . .

Stillhalten, dachte Richard, sonst reißt etwas, nur nicht

bewegen! »Hier ist sie aber nicht«, sagte er leise und genierte sich für seine unverhüllte Stimme.

»Nein? Nicht hier? Wo ist sie denn?«

Fritz ging, an Richard vorbei, in dessen Arbeitszimmer und ließ sich in einen Sessel fallen. Er nahm die Brille ab, und für eine Sekunde dachte Richard, er sollte das auch tun.

»Ihr Name ist selbstverständlich nicht ungenannt geblieben, ›Richard Schroubek‹!«

Wie affig er seine Worte setzte! Dabei war er viel zu aufgeregt für diesen altklugen, ironischen Ton. Weiche, dunkelblonde Locken, den ganzen runden Kopf voll, das war das Auffallendste an ihm; darunter ein blasses, teigiges Gesicht, ein dünner Lippenbart, der bis in die Mundwinkel reichte, so daß er auf ihm herumkauen konnte. Ein häßlicher Bursche, dachte Richard, ausgesprochen häßlich. Natürlich war er sehr begierig, von ihm etwas über H. zu hören, zugleich aber fest entschlossen, keine interessierte Frage an den Eindringling zu richten. Denn man kann jemanden nur solange ignorieren, wie man ihn nichts fragt. Fritz schob seine Brille wieder vor die kleinen, kraftlosen Augen, und der unruhige Lidschlag hörte nun auf. Er begann von seiner ersten Begegnung mit H. zu erzählen, als sei er seitdem um zehn Jahre älter geworden. Sie hatten sich in der Lebensmittelabteilung eines Hertie-Kaufhauses kennengelernt, als sie, am Werbestand der Firma Eduscho, kostenlos eine Tasse Kaffee tranken. »Kostenlos!« hob Fritz noch einmal hervor und lachte selig, offenbar über die späte Entdeckung einer Vorbedeutung. Richard erfuhr, daß H., nachdem sie ihn verlassen hatte, zunächst in kleinen Hotels wohnte und nicht bei Freunden, wie er vermutet hatte. Aber woher nahm sie das Geld? Und jetzt? Was machte sie jetzt? Richard kniff die Lippen zusammen. Es beruhigte ihn vorerst zu wissen, daß sie tatsächlich noch in Berlin, mit ihm in derselben Stadt lebte, und er hielt es nicht für ausgeschlossen, daß der kurze Irrtum mit Fritz sie zu einem ersten Schritt zurück bewegen könnte.

Fritz hatte unterdessen nicht aufgehört, im stürmischen Wechsel von Klage und Huldigung, über H. zu reden, und wurde immer unruhiger, immer schwatzhafter, so als hätte er einen längst verschollenen Wortschatz in sich aufgewühlt, dessen er nun kaum noch Herr wurde. Es war in vielem zutreffend, wie er Richards Freundin beschrieb, er übertrieb nicht einmal besonders; die ganze Unverschämtheit lag nur darin, daß er so tat, als sei er der erste und originale Entdecker dieser Frau. Jetzt war er auf eine ihrer Eigenschaften gestoßen, über die er nicht so schnell hinwegkam. Er stockte. »Ihre Güte«, sagte er, »ihre unendliche Güte.« Er zündete sich eine Zigarette an und sagte: »Ihre Güte und ihre Fein-gliedrig-keit!« Er zitterte heftig, holte aus seiner Rocktasche ein Glasfäßchen mit Pillen, die wie kleine Patronenbolzen aussahen, zerdrückte die Zigarette auf der Messingplatte des Teetischs und rief unter Glücksschmerzen: »So süß! So süß!« Darauf schluckte er zwei dieser giftgrünen Drogen, um, wie es schien, seine Erregung und den Anfall von Erinnerungswut herabzudämpfen. Er lehnte sich zurück und fragte fassungslos: »Was ist sie nur für ein Mensch? Was für ein Wesen ist sie?«

Richard hätte wirklich nicht antworten müssen, sagte aber aus Versehen: »Ich weiß es nicht«, und es klang so, als stimme er in des anderen Ratlosigkeit ein. Also setzte Fritz mit gezielten, bohrenden Fragen nach: »Wer ist sie? Sagen Sie mir das! Warum ist sie so unfaßbar? Wie kann ein Mensch aus so vielen Widersprüchen bestehen? Wie war sie denn früher? ... Ich frage Sie ... Früher war sie bestimmt ganz anders ... Wie war sie denn, als Sie sie kennenlernten, hm?« – »Ich weiß es nicht mehr«, sagte Richard, und diesmal traf er den gewünschten unzugänglichen Ton. Die Pillen hatten offenbar eine ziemlich prompte Wirkung. Fritz war deutlich gleichgültiger geworden, seine Schwärmerei wich einer leiseren, beschaulicheren Emphase. Nur das pausenlose Rauchen lief, getrennt von seiner Beruhigung, als selbständige Giermaschine weiter. Die Beschreibung von H. verlor sich allmählich im Abstrakten: »Ihr verlockendes Gewährenlassen – im speziellen stets peinlich genau, im gesamten aber auf humane, verzeihende Weise nachlässig.« Er brach ab. Noch ein »So süß! So süß« warf er hinterher, und nun schluchzte er sogar, während ihm der Zigarettenqualm aus der Nase strömte. Es entstand eine schwererträgliche Pause. Von Fritz kam nichts mehr als ein schwaches, hohes Wimmern in der Kopfstimme. Richard konnte es nicht länger aushalten und sah sich gezwungen, eine nüchterne Frage zu stellen.

»Was machen Sie?«

»Schuldiener.«

»Student?«

»Nein. Schuldiener.«

»Ach so.«

Fritz riß ein neues Päckchen Zigaretten auf.

»Ich bin Schuldiener, denn ich hänge an meinem Hobby, und das Hobby gestattet mir nicht, nebenher noch einen zeitraubenden Beruf auszuüben.«

Richard interessierte sich nach wie vor nicht für diesen Menschen, der sein Leidensgenosse sein wollte, und fragte also nicht nach seinem Hobby.

»Wenn ich gewußt hätte, wie wenig Sie geneigt sind, über diese Frau zu reden, säße ich jetzt nicht hier.«

Plötzlich ein Vorstoß des Kinns, und er plapperte so aufgekratzt wie zuvor.

»Ja, werden Sie sagen: Wenn es meiner einen Zunge gelänge, wahrheitsgetreu über sie zu reden, dann würde ich es wohl tun. Aber das wird ihr niemals gelingen. Wie soll denn auch eine einzelne Zunge, werden Sie sagen, dieses fürchterliche Durcheinanderreden, das sie in uns hinterlassen hat, wiedergeben, *wie?* Habe ich recht?«

»Rauchen Sie bitte nicht so viel in meiner Wohnung.«

»Sie haben recht ... Ich rauche. Was soll man da machen? Ich muß schließlich rauchen ... Das bringt diese

Art von Tätigkeit in Form von Untätigkeit mit sich ... Pedell hieß es wohl früher, heute können Sie getrost ›Medienwart‹ sagen ... Sie können sich nicht vorstellen, wieviel Apparate es in einer modernen Schule gibt, was da ständig bedient werden muß ... Videothek, Discothek, Super 8 und Overheadprojektor, Epidiaskop, Klimaanlage, Abruf- und Abhöranlage, Sprachlabor, Fotolabor und vor allem: fotokopieren, Sie müssen im Grunde den ganzen Tag über fotokopieren ... Das ist nicht Arbeit im strengen Sinne des Wortes, und zu Hause, die Architektur, darum handelt es sich nämlich, das ist das Hobby, nach dem Sie sich nicht erkundigt haben, die *freie* Architektur, denn ich *bin* keineswegs Architekt, wäre ich einer, dann müßte ich ja bauen, in meinem Fall aber bin ich als Architekt völlig frei, infolgedessen ist auch diese Beschäftigung zu Hause nicht eigentlich Arbeit, und mit dem Rauchen fülle ich diese vielen Pausen aus, es zeigt doch, das Rauchen, ich bin nicht richtig bei der Arbeit, wenn auch nicht gerade im Müßiggang, hinzu kommt, da ich nun einmal sehr viel alleine bin, schafft mir das Rauchen eine behagliche Vorstellung von Geselligkeit –«

Er unterbrach sich im höchsten Trubel seines Geschwätzes und starrte auf die geschlossene Tür hinter Richards Schreibtisch.

»Und das ist ihr Zimmer, nicht wahr?«

»Ja«, antwortete Richard. Er wußte jetzt, daß Fritz nicht wirklich ein leidenschaftlicher Mensch war, sondern ein Wichtigtuer vor sich selber, nur ein Halb-Irrer, noch als Irrer ein Stümper. »Darf ich es sehen?« fragte er und duckte sich, da er merkte, daß er sich bis zum Äußersten vorgewagt hatte.

»Nein!«

Richard bog seine ineinandergeflochtenen Hände durch, bis die Gelenke knackten. Es hörte sich an, als spiele er mit dem Gedanken, dem anderen das Genick zu brechen.

»Warum haben Sie diese Frau überhaupt gehen lassen?« rief Fritz plötzlich empört, »warum ist sie fortgegangen? Was haben Sie mit ihr angestellt? Reden Sie doch!«

Richard schwieg. Diese Fragen konnte er sich selber nicht beantworten. Es wunderte ihn, daß Fritz sie stellte. Offenbar hatte Hannah ihm nichts Wesentliches anvertraut. Glücklicherweise, dachte er, und doch wäre ich jetzt klüger und ruhiger, wenn sie es getan hätte! Fritz nahm wieder die Brille ab und wischte sich mit seiner kleinen Hand über das fette Gesicht. Das Augengebiet, das von dem Gestell überdeckt war, sah jetzt sehr weich aus und erinnerte Richard an den bloßen unbelichteten Fleck Erde, den man unter einem Feldstein aufdeckt, wo es wimmelt von Asseln, Würmern und Füßlern. Da er keine Antwort erhielt, sagte Fritz: »Nun ja . . . Ich kann mir vorstellen, wie Ihnen zumute ist . . . Was machen Sie eigentlich so, den lieben langen Tag?«

»Nichts Besonderes.«

»Sie sind aber Buchhändler. Da werden Sie morgens ziemlich früh aufstehen und zur Arbeit gehen ...«

»Nein.«

»Sondern?« – »Ich gehe nicht ... hin.«

»Ah! Genau wie ich! Ich bin nämlich krankgeschrieben und werde es solange bleiben, bis ich sie wiedergefunden habe. Wo suchen Sie denn gewöhnlich nach ihr?«

Richard wollte ihn jetzt auf der Stelle hinauswerfen.

»Hatten Sie die Absicht, zwischen uns irgendeine Gemeinsamkeit herzustellen? Wollen Sie etwa, daß wir hier gemeinsam unsere Zeit totschlagen? War das Ihre Absicht?«

Einen Augenblick lang schien es Fritz zu genießen, daß Richard endlich die Geduld verlor. Dann sagte er: »Nein. Sie haben recht. Ich werde jetzt gehen.« Er stand tatsächlich auf, ging jedoch schnurgerade der jenseits des Schreibtischs geschlossenen und nicht der hinter ihm offenstehenden Tür entgegen.

»Ein mißglücktes Gespräch ... Wie sollte es auch anders sein?«

Er blieb stehen und lächelte vor sich hin.

»Darf ich? ... Nur ein flüchtiger Blick ...«

Plötzlich griff er nach der Klinke von Hannahs Zimmertür. Sein Lächeln verzerrte sich unter dem Druck von Gier, Angst und Trotz zu einer Idiotenfratze. Richard stieß in äußerster Drohung, äußerster Verachtung den Namen dieses Menschen hervor: »Fritz! ...«, und, etwas schwächer, fügte er hinzu: »Ich schlage dich tot.«

Fritz nickte gehorsam, hob die Hand von der Klinke und kehrte betrübt aus seiner Versuchung zurück.

»Ich dachte, du liebst sie etwas weniger«, sagte er leise und ohne Ironie. Er nahm das Du der Drohung auf und benutzte es für die vertrauliche Anrede. »Ich verstehe dich ja. Aber mir kommt sie natürlich jetzt um so begehrenswerter vor.«

Er blieb vor der geschlossenen Tür wie vor einem anspruchsvollen Ausstellungsobjekt stehen. Wieder einmal zündete er sich eine Zigarette an. Es schien, als wollte er sich für länger auf diesem vorgeschobenen Posten aufhalten.

»Sie waren eben bereit zu gehen. Es wäre mir recht ... Ich habe noch zu tun.«

»Was willst du schon tun? Die Tage der Verlassenheit sind alle umsonst. Und alle Verlassenen sind faul, stumpfsinnig, verstopft –«

»Worauf warten Sie noch?« fragte Richard gereizt.

»Ich glaube, ich wünsche dieses Zimmer zu sehen.« – »Da können Sie lange warten.«

»Darauf bin ich vorbereitet ... Wir werden uns so lange unterhalten, bis unser Gespräch irgendeine tröstliche Wendung nimmt. So jedenfalls, wie es jetzt steht, kann ich nicht gehen.«

Richard wußte nicht mehr weiter. Er überschlug die Risiken einer körperlichen Auseinandersetzung. Ich kann sie doch zerquetschen, diese fette Made, dachte er, sagte aber plötzlich völlig unüberlegt: »Ich werde jetzt einen Arzt rufen.«

Fritz lachte ihn aus.

»Wozu? Ich bin nicht krank. Ich muß lediglich in dieses Zimmer hinein. In dieses Gehäuse, aus dem sie ausgeschlüpft ist. Und davon werden mich weder du noch ein Arzt noch eine verschlossene Tür abhalten ...«

Richard hätte im übrigen nirgendwo anrufen können. Der Anschluß war seit langem gesperrt, er hatte die Rechnungen nicht mehr bezahlt.

»Zwei Zimmer«, sagte nun Fritz in guter Laune, »zwei Zimmer, Diele, Küche, Bad? Gerade richtig für ein Paar ohne Kinder. Und ist ihr Zimmer ähnlich groß wie deins?«

»Ja. Ähnlich.«

»Tisch, Stühle, Bett?«

»Genauso, ebenso.« Richard versuchte, einem Triebtäter ein X für ein U vorzumachen. »Tisch, Sessel, Schrank, Bett, Regale, Teppich, genauso, unterschiedslos.«

»Jedoch«, wandte Fritz ein, »andere Bücher im Regal, andere Spuren auf dem Teppich, anderer Geruch im Schrank.«

Richard ärgerte sich, daß er sich auf diese Albernheit eingelassen hatte.

»Unsinn.«

»Unsinn? Ja? Natürlich. Alles Unsinn unter den herrschenden Umständen. Selbst meine freie Architektur schafft mir keine Befriedigung mehr. Lauter Kinkerlitzchen. Mehr fällt mir nicht ein. Knickbare Häuserwände, ein- und ausfahrbare Fabrikschornsteine, Imbißstuben, die man nachts in die Erde versenken kann, und – allerdings – ein sehr schönes, ein sehr feines, ein heliotropes Naturhaus für Mensch, Pflanze, Tier . . .«

Richard war aufgestanden und ging langsam auf Fritz zu, der sich dabei ein wenig zur Seite drehte und zu Boden sah.

»Bevor ich – bevor ich mit ihr zusammen war, habe ich mich mit kreuzungsfreier Straßenführung in der Innenstadt beschäftigt. Wenn man bedenkt, heute könnte ich vielleicht kaum noch das zentrale Problem dieser Aufgabe beschreiben, nicht einmal zu überprüfen wäre ich noch in der Lage, was ich damals entwarf, selbst auf die *Idee* käme ich nicht mehr . . .!«

Richard stand jetzt kaum einen halben Meter von ihm entfernt.

»Nun«, fragte Fritz, ohne sich umzudrehen, »wird's ein Gespräch oder wird es keins? Was meinst du?«

»Keins!« rief Richard und stürzte durch einen dunklen, gerade für seine Körperfülle geöffneten Spalt in Hannahs Zimmer. Er schlug die Tür hinter sich zu und sperrte ab.

Nun waren sie getrennt. Richard hielt die gefährdete Festung von innen besetzt und konnte von hier Hannahs Abwesenheit und die ihr gewidmeten Papiere leichter und sicherer verteidigen. Er saß auf einem Stuhl unmittelbar an der Tür. Er hatte kein Licht gemacht, und in diesem Zimmer war es noch dunkler als in seinem, die Vorhänge ebenfalls geschlossen, die Fenster gingen zum Innenhof. Die beiden Männer redeten nicht mehr miteinander. Richard zog, vorsichtig, ohne Geräusch, den Schlüssel ab und sah durchs Schlüsselloch. Fritz hatte den Schreibtischstuhl genommen und sich vor die Tür gesetzt. Warum geht er nicht, fragte sich Richard, was kann ihm jetzt noch dieses Zimmer bedeuten? Es ist ein von mir zugestopfter Raum. Er kommt gar nicht an mir vorbei, wenn er versucht, diesen Raum zu begehren. Richard hörte keine Bewegung von nebenan. Der andere blieb. Nun konnte er natürlich nichts weiter tun als zu warten. Ab und zu blickte er durchs Schlüsselloch und stellte fest, daß Fritz immer noch nichts anderes tat als er, daß er ebenfalls dasaß und wartete.

Einer saß im Vorzimmer des anderen.

Richard war davon überzeugt, daß er, als der Geduldigere, das Warteduell schließlich gewinnen würde. Es konnte nicht mehr lange dauern, und Fritz würde von seiner eigentlichen Unruhe vom Stuhl gestoßen und zurück in die Stadt gejagt, um wieder nach H. zu suchen, in Hotels, Kneipen, Kaufhäusern. Richard aber wollte weiterhin in seiner Wohnung bleiben, allerdings zurück in sein Zimmer. Unterbrechung und Aufschub des Schreibens bedrängten ihn, und er merkte zum ersten Mal, wie normal und unentbehrlich ihm seine täglichen

Äußerungen geworden waren. Um so begieriger wollte er weiterschreiben, je unentschiedener die Wirkung auf ihn selber wurde. Er konnte es einfach nicht mehr beurteilen, ob sein verschärftes Notieren ihn eher tiefer verletzte, als er es ohne dies war, oder, im Gegenteil, ihn immer wirksamer kurierte. Schrift verlangt nach Schrift, soviel war ihm gewiß. Die Haut wächst, aber er empfand das Wachsen ganz so, als würde ihm diese Haut über die Ohren abgezogen.

Plötzlich riß ein ungeheures Alarmgeläute an ihm. Er erschrak so wild, daß er aufsprang und das Deckenlicht anknipste. Dann klingelte das Telefon ein zweites Mal. Aber das konnte nicht sein. Der Anschluß war gesperrt, die Leitung tot, er hatte es vor kurzem erst versucht – nur die Post selber hätte ihn anrufen können! Er bückte sich, um nachzusehen, was Fritz tat. Er saß noch auf seinem Stuhl. Wieder rief das Telefon. Richard legte eine Hand auf die Türklinke, suchte in seiner Hosentasche nach dem abgezogenen Schlüssel. Jetzt stand Fritz auf; er hörte, wie sich seine Schritte entfernten. Richard preßte ein Ohr gegen das Schlüsselloch. Jetzt genau hören, aufpassen, nur nichts halb verstehen! Fritz nahm den Hörer ab.

»Ja? . . . Ja. Ich warte.«

Pause. Eine Verbindung wurde hergestellt. War es etwa nicht die Post? Fritz schrie ihren Namen. Zweimal, wie Schlachtrufe: »Hannah!« Dann, noch im selben Jubelton: »Nein – ich bin's . . .« Eine Sekunde später Absturz,

Augenblick der Enttäuschung, Stottern: »Warum ... warum rufst du hier an?«

Fritz schwieg. Zweifellos gab die andere Seite eine Erklärung. Sie schien ihm gut zu tun, er war sofort wieder auf der Höhe. »Ich komme, ja, ich weiß, wo es ist, wenige Minuten, ich komme.« Der Hörer fiel auf den Apparat. Fritz lief über den Flur, öffnete die Wohnungstür und warf sie hinter sich zu. Er war fort. Richard schloß die Tür auf und lief zum Telefon. Er nahm den Hörer ab. Das Amtszeichen. »Ja«, sagte er leise, »ich komme, wenige Minuten, ich komme.« Aber wohin?

Er ging ins Badezimmer. Er spülte und gurgelte mit einem Mundwasser, um den Geschmack des Zigarettenqualms, den er unfreiwillig eingeatmet hatte, loszuwerden. Allmählich wurde ihm klar, wie der unbegreifliche Anruf zustande gekommen war. Hannah mußte auf einem Postamt seine unbeglichene Telefonrechnung bezahlt haben, anders war es nicht möglich; zweihundertsiebenundsechzig Mark, nur um die Leitung frei zu bekommen!, nur für diesen einen Anruf, der selbstverständlich ihm gegolten hatte; sie konnte ja nicht wissen, daß sich zu diesem Zeitpunkt Fritz, der Schuldiener, bei ihm aufhielt. Wahrscheinlich wollte sie ihn um Hilfe rufen und, da es dringend war, hatte sie ohne Zögern mit der Hilfe des anderen vorlieb genommen. Durchtriebene Verfehlung! Wenn auch nur um Haaresbreite. Der nächste Zufall wird auf deiner Seite sein, sagte er spöttisch; so und nicht anders gehört es in deine Schmerzensgeschichte, paßt genau! Er kämmte seine strähnigen Haare zusammen. Duschen später, nicht alles auf einmal. Das Badezimmer barg einen großen Schatz an Zerstreuungen, mit denen man jedoch sehr haushalten mußte.

Er kehrte zurück an seinen Schreibtisch. Aus der untersten Schublade holte er einen schmalen Packen Schreibmaschinenpapier. Ein billiges, grobfaseriges Papier, das, ebenso wie der breitflüssige Kugelschreiber, den er benutzte, die allzu engen, unleserlichen Kritzeleien verhindern half.

Alles, was nun geschieht, von dieser Zeile an, so schrieb er, das geschieht in Erwartung eines zweiten Anrufes von H. Der erste ist soeben erfolgt! Leider hat er mich nicht erreicht . . . Ein Unverschämter, ein Halbverrückter, der heute bei mir eindrang, ein Mann, der von Beruf Schuldiener (!) ist, der vorgibt, mit H. bekannt zu sein, ein Original Berliner Geisteskranker (nur ohne das Idiom!) hat sich in meine traurigen Angelegenheiten gemischt und mir obendrein den Anruf weggeschnappt . . . Ich habe dauernd das von ihrer Hand verursachte Geräusch in den Ohren, den läutenden Apparat! Die Verbindung ist wiederhergestellt, die Sperre gebrochen!

5

Er konnte nun nichts mehr bezahlen.

Zuletzt eine Zahnarztrechnung für H., siebenhundertzwanzig Mark! Porzellankrone für einen Backenzahn unten rechts. Die Inkassostelle schickte den Zahlungsbefehl. Damit war das Postscheckkonto bis zu der neuerdings gewährten Grenze von dreihundert Mark überzogen. Nirgendwo sonst hatte er Rücklagen.

Die Putzfrau kam noch zweimal, ohne Geld zu verlangen.

Dann nicht mehr.

Hannah hatte nicht wieder angerufen.

Im Kühlschrank gab es noch ein paar tiefgefrorene Fertiggerichte. Viele Früchtejoghurts und etwas Käse. Zu trinken gab es nur eisgekühltes Leitungswasser. Im Fernsehen betrachtete er Waldbrände und vor Trockenheit klaftertief gerissenen Erdboden. Er sah riesige Schwärme erstickter Fische die Flüsse hinuntertreiben.

Jede Nachrichtenschau begann mit neuen Berichten über die Hitzekatastrophe in Deutschland und ganz Europa.

Die Hälfte der Westberliner Bevölkerung war noch im Urlaub. Die Ferien dauerten in diesem Jahr bis Anfang August.

Er hatte noch lange unter dem hysterischen Geschwätz zu leiden, das, seit Fritz, in den Räumen spukte.

Auch der Rauchgestank der vielen schwarzen Zigaretten war nicht ganz auszulüften. Es gab ja keinen Durchzug mehr in der Stadt, auch nachts nicht.

6

Schreien, Pfeifen, Stöhnen, Frauenkreischen aus allen offenen Fenstern in der Nachbarschaft, jedesmal, wenn im Europapokalspiel BRD gegen CSSR eine Torchance für die Deutschen entsteht. Die Frauen kreischen beim Fußball. Wenn sie doch auch bei der Lust sich eines solchen Aufschreis nicht zu schämen brauchten! Nie werden sie vor ihrem Mann, im Bett, die Augen so weit aufgerissen haben wie jetzt, vor Entzücken über ein Tor der Deutschen.

Aufdringliches Vermissen von Frau N., der Putzfrau, die nun nicht mehr kommt. Ihrer wöchentlichen Wohnungspflege habe ich stets als einem Gedenkritual für H. beisitzen dürfen, und das fehlt mir jetzt. Sie hat H. sehr gemocht, sie waren gleich alt.

Aber was war das schon für eine Frau? Mit fünfundzwanzig so alt wie ihre Mutter, d.h. ohne jedes persönliche Alter, eine geschichtliche Type, verbürgerte Proletarierin, Sonderausgabe: Westberlin, Mitte der siebziger Jahre. Ein durch und durch sozial begründeter Mensch, keine Regung unerklärlich. Alle überschüssigen Kräfte, alle Begierden werden in die Verbesserung der Normalität investiert. Raus aus der Erotik. Verheiratet mit einem S-Bahn-Schaffner, der zwei Jahre jünger ist als sie, und von dem sie erzählt, er trüge die Haare auf Schulterlänge und ließe sich krank schreiben, um die Rolling Stones auf ihrer Deutschlandtournee zu begleiten. Gleichzeitig ist er zu Äußerungen fähig – seine Frau hat sie hier abgeliefert –, die das politische Gemüt eines Heimatvertriebenen zu rühren vermöchten. Das müßte ihn eigentlich bei der S-Bahn in Schwierigkeiten bringen, denn dort arbeiten viele überzeugte Anhänger der SEW. Vermutlich ist er, wie die meisten Menschen, in seinem Innersten politisch völlig durcheinander und benutzt verschiedene Richtungen, je nach seiner Umgebung und eigenen Affektlage. Zu Hause nimmt er sich öfter mal ein rechtsradikales Machtwort heraus, es gehört irgendwie zum sexuellen Gehabe des Mannes in seiner Familie; während er unter seinen Arbeitskollegen ein ebenso starkes Bedürfnis hat, vernünftig und klassenbewußt zu reden.

Eine lustdämpfende Frau. Jedes Wort ein Schlag ins Genital. Wenn sie hier war, sprach nur sie. Ich konnte auch nicht auf sie eingehen. Wohin in ihr? Ich ließ mir ihre Arbeit gefallen und war ihr dankbar dafür. Hannah hatte auf dieser Putzfrau bestanden. Ich könnte wirklich froh sein, daß ich ihre knallrote Trevirahose nicht mehr zu sehen brauche. Die Schweißflecken unter den Achseln, die sich bis zur Brust ausbreiteten, das Gegenteil zur Feuchtigkeit der Lust, die Nässe der Arbeit nämlich, worin der Körper seinem Selbstgefühl entgleitet.

Nie ein Lächeln, keine Art zu fragen, und immer diese panische Angst vorm Zuhören: nur in ihrem eigenen Redeschwall fühlte sie sich sicher aufgehoben. Sie äußerte ausschließlich Meinung. Meinung über Meinung. Niemals eine Beobachtung, keine Erwägung, keine Erklärung, keine Befürchtung. Sie sagte stets nur das Richtige, und wenn man dazu eine Frage stellte, sagte sie das Richtige noch einmal. Sie widersprach sich häufig von einem Satz auf den anderen. Aber sie merkte es nicht. Der Widerspruch hatte keine besondere Bedeutung in ihrem Denken. Nannte sie sich eben noch »schrecklich nervös«, so hatte sie Sekunden später »die große Ruhe weg«. Ihre Rede läßt das unbesorgte Nebeneinander sich ausschließender Tatsachen zu. Sie breitet, ähnlich dem Fernsehen, eine Fülle von Fragmenten aus, die alle nicht zusammen passen und sich zu einer Verrücktheit ansammeln, die bedrohlich über der streng geregelten Lebensführung schwebt. Andererseits bin ich nie jemandem begegnet, der Sprache so schamlos und so praktisch zur Stärkung des eigenen Selbstvertrauens einsetzte wie Frau N.

Ich bin sicher, sie lächelt niemals. Auch nicht zu Hause. Sie kennt weder Verlegenheit noch Verworfenheit. Sie ist grundsätzlich unverführbar. Es lockt sie nichts. Sie ist nicht lüstern auf einen komfortableren Lebensstil. Unvorstellbar, daß sie ihren Mann wegen eines anderen verließe. Es sei denn, er mißhandle sie, was er nicht tut. Sie ist selbstbewußt, aber wenig klassenbewußt. Sie durchschaut die Klassengesellschaft und weiß, wo sie hingehört. Das heißt, sie sagt: alle anderen stecken in Klassen, ich aber bin in meiner Familie.

Woher nun der Tod aller Reize bei dieser jungen Frau? Ich kann es mir nicht ohne weiteres erklären. Es hat mich indessen reichlich verwirrt, denn es handelt sich um eine künstliche, erzwungene Einbuße, nicht um einen physischen Mangel (sie ist nicht häßlich, verwachsen o. dgl.). Ich bin aber überzeugt von der natürlichen Befähigung eines jeden Menschen, erotisch zu wirken, zu verlocken, auf sich aufmerksam zu machen, von einer symbolischen Tätigkeit zwischen Sexualität und Sprache, und doch von beiden angeregt und geformt, ein unbewußtes Können mit erklärten Absichten.

Warum hat Frau N. dies Können eingebüßt, warum habe ich es eingebüßt? Ich möchte mir wenigstens die Schablone einer Ahnung zurechtlegen.

Sie: von Geburt an stetig von sich abgekommen. Ich: durch Erziehung, Lehre, Beruf in *einem* Lesefluß behütet geblieben; durch die Bücher mich erholt von den ärgsten Wünschen, ohne sie jedoch befriedigt zu haben. Sie: Sorge für die Geschwister, Haushalt, Arbeit, Kind – immer für andere im Dienst. Ich: keine Geschwister; Luxus und Doktrin des Alleinseins. Sie: grundlegendes Aufklärungsversäumnis. Die lebendige Intelligenz muß sich an toten Überzeugungen überheben. Ich: Aufklärungsüberangebot, Abwehrkontrolle, Übungen im freien Vergessen und neue Hingabe an die Phänomene. Sie: früh gestilltes soziales Verlangen, die Bindung an ihren Mann, die Liebe zu ihrem Kind. Ich: niemand in der Nähe. Die Liebe zu H. mein ganzes soziales Verlangen. Sie: die Angst vor dem sozialen Abstieg beansprucht fast all ihre Energie. Arbeiten, kaufen, verbrauchen, darüber sprechen – wenn das sicher fließen soll, bleibt für sie kaum ein Rest, weder an Lust noch an Geld. Was für sie das Wort »Erotik« spontan bedeutet, droht am untersten Absatz der Gesellschaft: die Straßennutte. Ich: Abstiegsangst? Schwer zu sagen. Gegenwärtig brauche ich den ökonomischen Ruin. Verarmungssucht: »erst wenn du wirklich ganz verloren herumliegst, kannst du auch gefunden werden.« Sie: Überbeanspruchung des Körpers; parallel als Instrument für Arbeit und Sexualität; infolgedessen körperliches Selbstgefühl gleich null. Ich: der Körper ein abgetragenes Kostüm, völlig ungenutzt, bewegt sich nicht, physisches Schweigen; daher Alleinherrschaft des körperlichen Selbstgefühls samt seinen ruhelosen Einbildungen. Sie: viel vernünftiger beim Fernsehen als ich, mit klaren Entscheidungen für oder gegen gewisse Programme; keinerlei Furcht vor dem Apparat als Medium; Lieblingssendungen: Tierfilme, Serienkrimi, Hitparade, »gute Komödien«. Ich: Fernsehen nur um des dicken Scheins willen, um der Ferne, des Flusses, der Vergänglichkeit willen, mit Anfällen von Furcht und Ekel, wie ein Mensch des Barock vor seinem Bild der Welt. Sie: Verlust der erotischen Befähigung und des Interesses an fremden Menschen überhaupt – weil es sie unerschöpflich nach dem verlangt, was sie bereits hat, sonst verliert sie die Kraft, es zu erhalten. Ich: Zerstörung dieser Befähigung durch Überdruck, eine Art Implosion des Verlangens in ein Vakuum, bestehend aus Vermissen, Schreiben, Leere des Auges, Stille, Ausgangslosigkeit.

Der erotische Blick sucht die interessante fremde Person in tausend feinen Unstimmigkeiten zu entdecken. Man verliebt sich nicht in einen ganzen Menschen. Erst der freie Zerfall seiner Eigenart zeigt, das Interesse hat getroffen, er läßt sich lieben. Das Wichtigste an ihm vergeht, es ist nicht der Zustand seines Gesichts, nicht ein Idol, nicht ein schöner Körperteil; es läßt sich nicht genießen, es läßt sich nur erwischen. Ist vielleicht nicht mehr als eine kleine Redewendung, der man sofort anhört, daß sie von jemand anderem übernommen wurde; oder ein wehrloses Staunen, so als hätte man selbst gerade etwas Unfaßliches gesagt, doch staunt die fremde Person gerade über ein eigenes Gefühl; oder eine versehentliche Handbewegung, in der man schon den Impuls der Berührung genau erkennt. Etwas Vertrautes verfrüht sich plötzlich in den unbekannten Anblick. Man sieht: das ist die Hand, die dich in diesen Jahren an der Schulter faßt.

7

Er nahm jetzt schlechte Gewohnheiten an. Zwar rauchte er nicht und trank nach wie vor keinen Alkohol. Aber er ließ neuerdings den Schmutz zu, vergaß sich auf korrekte Kleidung, woran er bis dahin trotz Verdunkelung, Hitze und innerer Ausgangssperre festgehalten hatte. Die Pflege seines Äußeren, Sauberkeit und Wäschewechsel hatten sich ihm von der täglichen Wohltat zur täglichen Pflicht entfremdet, und bald war das Tägliche nicht mehr streng beachtet worden, schließlich eines Nachts hatte er vergessen sich auszuziehen, und seitdem trug er immer dasselbe Hemd über derselben Hose. Es störte ihn nicht mehr, auf seiner Haut eine glitschige Schicht von Schweiß, Talg und Staub zu spüren. Gleichzeitig gingen ihm seltsame Mißgeschicke und Unfälle von der Hand, durch die sich Schmutz und Verwahrlosung beschleunigt in seiner Wohnung verbreiteten. So stieß er einmal ein Glas Honig um, aus dem er, am Schreibtisch, ab und zu einen Löffel genoß und das er, ohne hinzusehen, auf einen schrägen Papierstapel abgestellt hatte. Während er nun eilig schrieb, dabei laut vor sich hinredend, rann der Honig zäh über die Tischkante und tropfte in den weißen, flauschigen Teppich hinunter. Er merkte es erst, als er hineingetreten war; als er, von unschlüssigen Gedanken erregt, um den Tisch lief und in der klebrigen Lache hängenblieb. Es ergriff ihn sofort ein panischer Abscheu; außerstande, sich vernünftig zu behelfen, rannte er in die

Küche, schleppte einen Pappkanister Waschmittel herbei und schüttete in vollem Strahl das weiße Pulver auf den Honigfleck. Als nächstes füllte er eine große Schüssel mit heißem Wasser und goß sie über dem Pulverhaufen aus. Nun stand er vor einer völlig nutzlosen, trübschaumigen Pfütze und sah, daß er den Schaden erst recht vergrößert und gefährlich gemacht hatte. Denn nun mußte er ein Durchsickern des Wassers bis in die Decke des unteren Nachbarn befürchten. Er lief noch einmal in die Küche, um einen Putzlumpen zu holen. Als er keinen fand, riß er ein paar alte oder ihm gerade in diesem Augenblick verhaßte Hemden aus dem Kleiderschrank und stopfte sie in die Teppichpfütze. Auf diese Weise konnte er die Brühe allmählich aufsaugen. Es zeigte sich aber, daß der Honigfleck Guß und Putz überstanden hatte, ohne wesentlich an Klebrigkeit zu verlieren. Dazu waren die Teppichbüschel ringsum mit ungelösten Pulverkörnern vollgekrümelt. Schließlich bedeckte er die ganze Schmutzzone mit seinem Badehandtuch und warf die nassen, zu Lumpen erniedrigten Hemden neben den überfüllten Mülleimer.

Nachdem alles vorüber war, begann er sein Verhalten zu mißbilligen. Was tust du, fragte er sich, wenn du so etwas tust? Du schaffst dir bloß eine Aktion, du plusterst dich auf, eine kleine tatsächliche Störung, eine Bagatelle nur, und schon wirbelst du um die eigene Achse – dein Ungeschick greift dir dabei natürlich kräftig unter die Arme! Und du schaffst dir mehr und mehr Aktion. Was bedeutet aber Aktion in deiner Lage? Wichtigtuerei vor dir selber, und sonst gar nichts.

Aus dem nächsten Abenteuer, das er in seiner Wohnung erlebte, ging er schon sehr viel geduckter hervor. Er hatte eines Morgens zu stark oder auch nur zu ruckartig an der Kette der Klosettspülung gezogen, das Ventil in der Wasserwanne verklemmte, schloß im nötigen Augenblick nicht mehr und das Wasser begann überzulaufen. Er zurrte und riß an der Kette, aber die Sperre lockerte sich nicht. Wütend verließ er das Badezimmer, schlug die Tür hinter sich zu und wollte sich um den unwürdigen Defekt einfach nicht kümmern. Aber bei der Vorstellung, jetzt den Hausmeister heraufzubitten, schüttelte er heftig den Kopf und beschloß, mit Hammer und Zange selber zu reparieren. Diese Werkzeuge fand er nirgendwo. Endlich griff er eine lange Papierschere, die auf seinem Schreibtisch lag, und kehrte damit zurück ins Bad. Das Wasser floß ruhig über den Rand des Sammelbeckens und klatschte auf die Fliesen. »Überschwemmung«, rief er entsetzt und sah die Flut unbezwingbar steigen. Sofort brach wieder diese Panik aus, und er verwandelte sich unter Zittern und Zappeln, aber auch wiederum nicht ohne Lust, in ein rasendes Kleinkind. Er klappte den Klodeckel zu und stieg auf den Rand. Der Behälter war ziemlich hoch angebracht. Bei ausgestrecktem Arm konnte er mit der Spitze der Schere gerade das Ventil erreichen. Er stieß und stocherte ungezielt in den Eisenteilen herum, aber nichts veränderte sich. Das Wasser verschüttete sich in gleichmäßigem Schwall, und die Lache auf dem Boden schlich voran. Er wippte und drückte seine ganze Körperkraft in die Schere und belastete dabei den Klodeckel, der nur aus Plastik war, mit einem Frotteeüberzug verkleidet, so stark, daß er entzweibrach. Richard rutschte ab, schlug mit dem Gesicht gegen die Wand, die Brille sprang herunter, und die aus den Fingern gekippte Schere fiel mit der Spitze auf seinen Oberarm und dann zu Boden. Er richtete sich auf und stieg aus der Kloschüssel. Er wimmerte vor Schrecken. Das Wasser strömte unvermindert von der Höhe und über den rechten Arm rann ein dünner Streifen Blut. Etwas ruhiger geworden, holte er einen Stuhl aus der Küche, erhöhte ihn um drei dicke Atlasbände aus seiner Bibliothek und reichte nun mit den Händen an den Behälter. Er tastete im Wasser die einfache Mechanik des Ventils ab und fand schnell die Stelle, wo es sich verhakt hatte. Ohne Mühe gelang es ihm, den Bolzen zurückzuziehen, das Ventil schloß glucksend und schlürfend ab.

»Mein letzter Stummfilm«, sagte Richard, kletterte, nicht unzufrieden mit sich, vom Stuhl und hob seine Brille aus der Lache. Das rechte Glas der Brille war so gut wie zerstört, zwar nicht gebrochen, aber mit einer dichten Splitterung überzogen. Der Einstich auf dem Arm war oberflächlich, er stillte das Blut mit heißem Wasser und legte ein Pflaster auf. Zum Aufwischen benutzte er diesmal einen Anzug mit Weste, grauer Flanell, den er im Winter, regelmäßig montags und dienstags, in der Buchhandlung zu tragen pflegte. Er gefiel ihm noch, ein altmodisches Stück, aber kein Grund, ihn zu schonen, er saugte ausgezeichnet.

Die Fotografin, die seine letzten Paßbilder gemacht hatte – da er sich nicht in Fotomaten, in diese Todesblitzzellen hineinwagte –, diese Kunstfotografin, wie es im Telefonbuch hieß, hatte ihren Mann, der ihr im Atelier assistierte, mehrfach als einen »Vernichtungstrampel« bezeichnet, in seinem Beisein, aber etwa so, als beschwere sie sich bei Richard zum ersten Mal über ihn. Von daher, aus dieser unbestimmbaren Bezichtigung, klang ihm jetzt, beim Aufwischen, das Wort wieder in den Ohren: »Sie können sich nicht vorstellen, was dieser Mann mir schon alles kaputt gekriegt hat!« Sie war eine kleine, zähe Frau, die die Zipfel ihrer grauen Haare mit einer Schildpattspange zusammensteckte und dadurch wie ein vergreistes Schulmädchen aussah. Der Beschuldigte wehrte sich nicht gegen die Vorwürfe, sondern begann ganz ruhig zu erzählen, daß er Drehermeister gewesen sei, bis zu seinem zweiundfünfzigsten Lebensjahr, dann aber habe aufhören müssen. »Depressionen«, warf seine Frau ein, als müsse sie ein ekelhaftes Ungeziefer beim Namen nennen. Der Mann lächelte zu ihr hinüber, um zu zeigen, daß man seine Frau nicht nach ihren Grobheiten beurteilen dürfe. Wie sich herausstellte, hatte die seelische Erkrankung seine Fähigkeit, zu greifen, zu halten und zu tragen, vermindert und ihn gegenüber Geräten, Material, der Dingwelt insgesamt zum Behinderten gemacht. Es fiel ihm schwer, einen Scheinwerfer einzurichten. Es fiel ihm schwer, eine Fotoplatte so zu transportieren, daß sie ihm nicht entglitt. Und bei all diesen überbedachten Handhabungen sah man ihm eine gleichgroße Anstrengung und Aderschwellung an, wie anderen Männern, wenn sie schwere Lasten schleppen. Manche Dinge, wenn er sie trug, schienen ein unirdisch fürchterliches Gewicht zu haben. Andere wiederum, meist federleichte Blätter oder Filter etwa, wurden viel zu stark berührt – gepackt von jener selben Kraft, mit der er gerade seine Hemmung, sie zu packen, überwunden hatte. So ging vieles kaputt. Richard konnte sich leicht ausmalen, welchen Schaden dieser Assistent im Labor und im Haushalt hinter sich ließ. Was ihn, als Besucher, Kunde, dabei verwirren mußte: die Fotografin schien, nach Jahren des miterduldeten Ungeschicks, immer noch die Tatsache, daß ihr Mann invalid war, im Grunde ihres Herzens abzustreiten. Jedenfalls sprang sie so mit ihm um, als ginge er mutwillig und mit immer neuen Absichten auf Zerstörung aus. Und als er es wagte, Richard gegenüber das »Psychische« zu erwähnen, wofür einer letztlich nichts könne, fuhr sie ihm heftig über den Mund. »Unsinn!« rief sie, »jeder gesunde Mensch hat sein Psychisches selber in der Hand, und du bist gesund, aber ein Tolpatsch!«

Andererseits schimpfte sie gewissermaßen nur im allgemeinen und in der Theorie mit ihrem Mann. Wenn ihm wirklich ein Malheur passierte, schimpfte sie nicht, sondern half ihm, tröstete ihn sogar. Richard gewann den Eindruck, daß sich ihr kleiner berlinischer Verstand in Wahrheit in ununterbrochen therapeutischem Einsatz befand. Indem sie ihn als Gehilfen nicht schonte und immerzu in Bewegung hielt, unter erheblichem Risiko für ihre Ausrüstung, ihre Nerven, ihr Geld, und ihn gleichzeitig mit unnachgiebiger Schärfe als Tölpel bezeichnete, aber im entscheidenden Augenblick niemals als solchen behandelte, erreichte sie immerhin, daß er jede einzelne Aufgabe mit frischer Obacht und unroutiniertem Interesse in Angriff nahm. Sie durfte auch auf Erfolge stolz sein. An Depressionen litt ihr Mann nicht mehr. Seine Greifbeschwerden hingegen hatten sich nicht gebessert; die Unfähigkeit zum Gegenstand, die verkümmerte Handhabung ließen sich weder durch Übung noch durch äußerste Willensanstrengung wieder rückgängig machen. Der Kampf mit dem Unbewußten trug sich hier allerdings wesentlich anders zu als in den meisten Filmgrotesken. Denn dieser Mann nahm sich der Dinge mit einer ruhigen, fast zärtlich zermalmenden Vorsicht an. Es war immer noch das ganze Feingefühl des Drehers bei der Sache, nur daß es jetzt statt an der Fertigung an der umständlichen Vernichtung des Objekts wirkte.

Als Richard kam, um die fertigen Fotos abzuholen, steckte sie der Mann, der im Verkauf, im Laden mit größerer Selbständigkeit ausgestattet war, in einen weißen Briefumschlag und wollte dann die hintere Lasche nach innen einschieben. Richard starrte auf seine Finger, als gehörten sie einem Zauberkünstler. Er wollte den Trick des Ungeschicks erwischen. Aber es ging alles ganz normal, wenn auch langsam zu. Und doch hielt der Mann, als er den Umschlag aushändigen wollte, plötzlich die abgerissene Lasche zwischen Daumen und Zeigefinger. Er zeigte keinerlei Reaktion. Er schien gar nicht zu ahnen, was Richard über ihn dachte. Er holte einen neuen Umschlag unter dem Ladentisch hervor, doch Richard nahm mit dem beschädigten vorlieb und dankte ihm. Nun sagte der Mann allen Ernstes: »Ich weiß nicht, wie mir das passieren konnte . . .«

Da erkannte Richard, worin die Lebenstechnik dieses Behinderten bestand: er hielt das Element und den Begriff der Wiederholung aus seinen Erfahrungen heraus; er beugte sich nicht ihrer Macht. Nie war er es müde geworden, sich über jeden neuen Mißgriff so zu wundern, als sei es der ursprüngliche. Ebensowenig hatte seine Frau es aufgegeben, in ihm, vor jedem neuen Kunden, wie zum ersten Mal den Vernichtungstrampel zu entlarven. Dies bewahrte sie beide davor, sich vor der Unheilbarkeit des Leidens zu langweilen. Denn Gleichgültigkeit vor dem Leid hätte ihre kleine selbständige Existenz schnell zugrundegerichtet.

8

Richard-ohne-Leben ist eine komische Figur. Ja, aber diese Komik ist nur der schützende Äther, der den Schmerz frisch erhält. Wäre ich nicht seltsam geworden, dann entweder geschäftig oder apathisch. Ich hätte H. vergessen. Nun, sie ist fort, und ich verehre sie. Mich ihr zu nähern, findet nicht mehr seine Grenze an ihrem Körper, im Zimmer nebenan. Meine Schrift läuft ihr auf der Asymptote nach.

Es heißt dies auch: entsagen, wie ich sehr wohl weiß. Sie nicht loslassen, in aller Form der Entsagung.

Ein altes Wort, man versteht es vielleicht kaum noch, wenn es heute, ohne Zitat, benutzt wird. Es erinnert an mißglückte Liebe, wie sie früher war, Abschiede nicht aus inneren, sondern aus Standesrücksichten, an kulturzeugenden Verzicht, Goethe oder Freud; hingegen werden die erotischen Trennungen in unserem reformierten und nervösen Gesellschaftsleben in den seltensten Fällen mit Entsagung verkraftet. Aber fast jeder, der aus einer Trennung zurückbleibt, erkrankt konservativ an Leib und Seele (während vielleicht sein Verstand, der äußere, feste, auch der politische durchaus die Richtung hält). Er ringt mit jedem seiner schweren Atemzüge um einen Zustand, der verloren ist. Dabei verrückt auch sein kulturelles Gedächtnis zuweilen, und plötzlich ist ihm ein alter Liebesbegriff leidenschaftlich gegenwärtig, dessen Bedeutung er nicht mehr kennt, dessen Moral und Gebrauch versunken sind. Nur im Affekt erwischt!

Ich las ›Väter und Söhne‹ von Turgenjew. Der Autor selber war nicht anwesend. Aber er hatte für seinen späten Lesegast alles so selbstverständlich hergerichtet, so verwandt und unbekannt, den versammelten Figuren von sich soviel Nähe und Distanz gegeben, daß ich mich in jede einzelne ergänzen konnte, nein, es unweigerlich mußte und schreckliche Angst vor dem Ende der Geschichte bekam. Natürlich geht es darin um vergebliche Liebe, wechselnde Beziehungen, Pessimismus und Fortschritt, Intelligenz und Gleichgültigkeit, alles Dinge, die mich jetzt besonders stark berühren, und die ich mit beispielloser Naivität auf meine mehr als hundert Jahre älteren Verhältnisse übertrug. Aber ich wollte etwas Allgemeineres festhalten. Wir haben vielleicht, in einem solchen Buch, uns selbst auf einer Höhe der Empfindungen kennengelernt, auf der wir irgendwie weiterbeschäftigt werden wollen, nun außerhalb des Buchs. Wir haben zwar auf imaginärem Wege (des Romans) die vergessene Leidenschaft wieder aufgefunden, aber das, was sie in uns auslöst, ihr Affekt, ist keineswegs imaginär, er ist ganz wirklich, wie Tränen oder Zittern eben wirklich sind; ein Gefühl, das gebraucht werden will, es verlangt nach persönlicher Erfahrung. Aber in unserer alltäglichen Gegenwart entspricht ihm nichts. Dort ist alles auf magere Gemütskost abgestellt. Das wirkliche Leben bietet keine

Gelegenheiten, an denen man sich satt erleben könnte. So hockt sie in uns, nach dem Buch, die startbereite Leidenschaft, doch niemand ruft sie ab. Und auf die Dauer schmerzt dies Hocken in der angespannten Krümmung. Wir empfinden mehr als wir verausgaben dürfen. Das Mehr an Wirklichkeit, das sich der Triebleser erwarb, muß er bei sich behalten.

Es gibt Emotionen, die existieren nurmehr durch das Buch. Was zum Beispiel »Ehre« bedeutet, in einem glaubwürdigen Sinn und Pathos des Wortes, können wir in unseren Verhältnissen nicht mehr erfahren. Aber im Medium der Erregungen, in die uns etwa die Lektüre von Kleists ›Marquise von O. . .‹ versetzt, füllt sich das leere, entfallene Wort plötzlich mit seinem ganzen sozialen und lebensgefährlichen Ernst, so daß wir gerne selber wieder »Ehre« sagten; aber das wäre lächerlich, es paßt ja nirgendwo dazu. Einen solch abrupten Zuwachs von Gedächtnis kann letztlich nur das Buch ermöglichen. Es setzt das strikte, ungestörte Alleinsein mit dem abwesenden Autor und die stimmlose Ein-Mann-Sprache des Erzählens voraus. Es setzt voraus, daß wir den Text als etwas Übriggebliebenes, als Originalfundstück, als Rest auflesen. Während die sogenannten darstellenden Künste, Theater oder Film, im Umgang mit dem Text, sein Geheimnis als Rest niemals akzeptieren können, sondern ihn auffüllen mit vielen fragwürdigen Mittlerschaften, bis ein komplettes rauschendes Präsens hergestellt ist. Vollfüllte Erscheinung, Gesichter, Körper, Stimmen, *Schauspieler* – die uns mit ihren fernsehdurchspülten Köpfen, mit ihren Autofahrerbeinen vormachen wollen, wie Cäsar ging! In Anwesenheit dieser Menschen kann man sich nicht erinnern, sie löschen die Schrift, das diachrone Verlangen.

Oft wunderte ich mich, wieviele der Bücher, die ich zu meinen wichtigsten zähle, in der Bibliothek eines – nach meiner Einschätzung – völlig farblosen Menschen standen. Er hatte sie ohne Zweifel gelesen und schwärmte, so gut er konnte, von ihnen. Ich sagte mir, diese enormen Bücher haben den Mann offenbar gar nicht beeinflussen können oder zumindest nicht so wesentlich, daß man ihre Lektüre ihm anmerkte. Aber wie soll man sich einen unbeeinflußbaren Leser vorstellen? Ist nicht das Lesen, von Kind auf, lustvoll als *Einfluß* empfunden worden, und hat man nicht die Bücher in sein Leben gerückt, um wenigstens von diesem Fluß nicht abgeschnitten zu werden?

Es hat dir jemand, ohne äußeren Anlaß, über den Buchrand zugelächelt und sich sogleich wieder dem Text zugeneigt, der ihn bewog, dir ein Lächeln zu schenken. Du erschrickst über sein plötzlich erkaltetes, abwesendes, völlig ausdrucksloses Gesicht, über seinen anonymen Blick? So sieht jeder Lesende aus. Nach niemand.

Du hebst, mitten in einer leichteren Unterhaltung, ganz ungewollt, ein Wort hervor, das ziemlich belastet ist von vergangenen Bedeutungen. Vielleicht das Wort »Scham«. Etwas verwirrt dich dabei, du spürst ganz deutlich eine kulturelle Erfahrung, die du selber nicht gemacht haben kannst. Doch kaum ist das Wort geäußert, da, merkst du, sinkt es auch schon wieder, unhaltbar schwer, zurück in die Geschichte. Es war wohl doch nur ein Zitat. Ein Paar Gänsefüßchen, das dich gekitzelt hat; das Wort selber hat dich nicht berührt.

So ergeht es uns nicht anders als jenem abessinischen Eingeborenen, der einen wichtigen Mythos nicht mehr wußte und sich deshalb nicht erklären konnte, weshalb er zu so verschiedenartigen Anlässen ein Stück Butter auf dem Kopf trug. »Unsere Vorfahren kannten den Sinn der Dinge, aber wir haben ihn vergessen.«

Wir kennen den Sinn der unzähligen Überbleibsel, in denen wir uns ausdrücken, noch sehr viel weniger. Das allermeiste ist uns Butter auf dem Kopf. Und kein Mythos, kein Romanwerk wird es uns je wieder erklären. Dennoch liegt, nach wie vor, die Technologie der Wiederaufbereitung verbrauchten symbolischen Wissens, das recycling des Bedeutungsabfalls in den Händen einiger ungeschickter Leute, Dichter! Wenige Leute, sie werden es alleine kaum schaffen.

Mit zehn oder elf kaufte ich eine Zeitlang regelmäßig bei der Zeitschriftenfrau, von der ich auch alle übrigen Comics bezog, ein Heftchen, das hieß ›Der Späher‹. Im Gegensatz zu ›Akim‹ oder ›Sigurd‹, die mir selbstverständlich immer die liebsten waren, versuchte ›Der Späher‹ im Kind die Entdeckungsfreude und vor allem den Realitätssinn auszubilden. Es war, von heute aus gesehen, ein Produkt jener bösartigen Säuberungskampagne, mit der man damals das kindliche Verlangen nach literarischer Obszönität verurteilen und uns von der Schundliteratur abbringen wollte; zu der Zeit gab es offizielle Tauschstellen, an denen man gegen Rückgabe von fünfzig ›Tarzanheften‹ ein gutes Buch von Edzard Schaper erhalten konnte. Auch ich kaufte den ›Späher‹ zunächst aus schlechtem Gewissen und zur Strafe dafür, daß ich von ›Akim‹ und ›Tarzan‹ (mit seinem damals noch leuchtenden Farbdruck) nicht lassen konnte. Der ›Späher‹ enthielt nur Schwarzweiß-Zeichnungen, Skizzen. Es war eine Art Bestimmungsbroschüre für die tägliche reale Umwelt. Je nach Beobachtungsgebiet waren typische und seltene Gegenstände aufgezeichnet, die es in der Wirklichkeit zu finden galt, und die, je nach Rarität, mit unterschiedlichen Gewinnpunkten bewertet wurden. Hieß etwa das Heft ›Deine Stadt‹, so brachte es die höchste Punktzahl, wenn man einen Fachwerkgiebel aus dem Mittelalter erspäht hatte. Im Heft ›Straße und Schiene‹ wurde eine Draisine höher bewertet als ein unbeschrankter Bahnübergang, von denen es damals noch viele gab. In ›Auf dem Land‹ mußte man, wenn man das Höchste gesehen haben wollte, einen Bauern bitten, bei der Geburt eines Kalbes dabeisein zu dürfen. Hatte man ein Heft durch – es waren jeweils wahrheitsgemäße Orts- und Zeitangaben über die erspähten Realien zu machen –, dann schickte man es dem Verlag ein und bekam, je nach Punktezahl, eine goldene, silberne oder bronzene Anstecknadel aus Blech, mit einem aufgesperrten Auge als Signet. Ich habe viele Heftchen eingeschickt und eine Reihe von goldenen Nadeln erworben. Aber je länger ich Späher war, desto öfter schwindelte ich. Denn das war leicht, niemand konnte die Angaben nachprüfen. Entweder die Redaktion sah ein, daß ihr erzieherisches Spiel an der hemmungslosen Schwindelei der Kinder gescheitert war, oder das Ganze schlug geschäftlich nicht so ein wie erwünscht, jedenfalls nach einem oder anderthalb Jahren stellte der ›Späher‹ sein Erscheinen wieder ein. Ich muß sagen, ich war nicht besonders traurig darüber. Ich hatte nach etwa fünfzehn Heften genug von der Wirklichkeit gesehen und wollte wieder zurück in den freien Dschungel. Heute ertappe ich mich gelegentlich dabei, daß ich das Angebot des Sehenswerten ebenso sammlerisch und raritätsbewußt durchmustere, wie ich es als Späher gelernt habe. Zum anderen kann ich kaum das Wort »Realismus« aussprechen oder »realistische Methode«, ohne dabei als erstes schreckhaft an die Wahrnehmungspflichten zu denken, die mit diesen unsinnigen und unsinnlichen Heftchen verbunden waren.

Das Reale erspähen blieb unbefriedigend. Um so größer meine Neugierde, als es einige Jahre später plötzlich hieß: das Reale demaskieren! Mit sechzehn las ich zum ersten Mal Bücher von Freud und machte dabei natürlich eine ungeheure Entdeckung; aber nichts von dem, was ich im Text über mich las und erkannte, konnte ich wirklich an mir selbst bestätigen; zwar erstarrten die Zeichen, mit denen ich eben noch spielte, zu bösen Anzeichen und Symptomen, die mich als Kranken entlarven wollten, aber ich glaubte damals ganz fest, daß mich die Erkenntnis der Neurose am sichersten vor ihr schützen würde. Dennoch war es ein gewaltiger Schock, plötzlich gedeutet zu sein, und dieser mußte doch auf das Unbewußte selber Eindruck machen. In den folgenden Jahren der Ausbildung und der beginnenden Berufstätigkeit habe ich nichts mehr von der ganzen Entdeckung gemerkt. In dieser Periode lernt man, daß man in sehr enge Grenzen hineingewachsen ist, die von den Machtansprüchen anderer kontrolliert werden, und daß ein Weiterwachsen nur gemeinsam mit Vielen zu erkämpfen ist. Jetzt erst, da mir durch den Verlust von H. in allem Einhalt geboten wird, die Laufbahn sich zur Schlinge krümmt, das Unbewußte pausenlos vor sich hinplappern kann – ich weiß nicht, ob es auch gealtert ist? –, jetzt erst scheint auf einmal wirklich zuzutreffen, was einst in der Psychoanalyse geschrieben stand. Man willigt irgendwie enttäuscht in die Erkenntnisse von damals ein, findet sie endlich bestätigt durch eigene Anfälligkeiten und Leidensspuren – ohne je den Verdacht aufzugeben, daß das zu früh und erfahrungslos Gewußte selbst zu den Erregern der gegenwärtigen Krankheit gehört.

Bücher, die einmal meine ganze Aufklärung waren, in mir vergessen machend, so daß heute keine Nacht vergeht, da dies aufgelöste Wissen nicht an die Schläfen klopfte.

Viel Digression auf meinen Blättern. Tut mir wohl. Die richtige Sammlung für H. Alle Form muß ans Ziellose gelangen. Schluß mit dem Ende! Ohne Ziel: Fernsehen, Zerstäuber, Mischmasch, Abweichung in sich selbst, lebensecht. Nur H. ist ein Ziel, nicht der Tod.

Schrieb eben mit besonderer Pflege für einzelne Buchstaben. Während ich viele Buchstaben fast unterdrückte oder übersprang, graphierte ich andere mit Lust. Meine Lieblinge ließ ich in sich abschweifen, bis sie nach etwas aussahen. Ein entkürztes »e« wie ein vom Wind gelöster Halstuchknoten. Ein entkürztes »s« wie ein Zirkusdompteur, der die Peitsche schwingt.

In Prag ist vor kurzem etwas Fürchterliches passiert. Ein älteres Ehepaar stieg am Sonntag an einer Haltestelle aus der Straßenbahn und versank auf der Stelle im Erdboden. Infolge eines Wasserrohrbruchs war unter dem Straßenbelag eine Aushöhlung entstanden, in welche die beiden hinunterrutschten. Dem zweiundfünfzig Jahre alten

Mann gelang es, sich solange festzuklammern, bis man ihn retten konnte. Seine um vier Jahre ältere Frau jedoch wurde von den flutenden Abwässern fortgerissen und ertrank.

Wohl dem, der blind für Symbole ist ... dem die Haut über den zweiten Augen niemals aufriß! Straßenbahn, Ehepaar, Haltestelle, Unterweltstrom – eine so dichte Zusammenballung von Bedeutung auf allerengstem Raum muß sich wohl in einem Unglück entladen.

Im Gebet meiner Verrücktheit und meiner Illusionen: H. mit ihrem ehemaligen Pädagogik-Professor im chinesischen Restaurant, wo sie redet, als käme *sie* nicht los von mir. »Er ist ... wie ein Virus! Er ändert einen Organismus, man wird ihn innerlich nicht los! ... Er war ein Gott für mich, ja, aber ein Gott auf meiner Ebene! Ich fühlte mich ihm ebenbürtig ... Unter seinen Augen bin ich überhaupt erst zu einem begehrenswerten Menschen geworden, danken Sie ihm!« Es scheint, der Herr ist verliebt in H. Er sagt: »Ich habe nichts gegen Ihren Freund. Reden Sie nur weiter.« – »Sie haben so etwas sicher schon oft gehört ...?« – »Darauf kommt es nicht an. Ich höre am liebsten Allerweltsweisheiten; wenn sie nur mit pochendem Herzen und sehr persönlicher Überzeugung ausgesprochen werden, so wie Sie es gerade tun ...«

Jetzt erscheint auf dem Gesicht des Mannes eine erotische Verschlagenheit, und auf ihrem erscheint sie auch!, ob sie will oder nicht. Ihr Lippenrouge hat auf die Schneidezähne abgefärbt. Wieviele Menschen verlieben sich doch über den gemeinsamen Arbeitsplatz hinweg! In der nächsten Runde sitzen sie, nach dem Beischlaf, nackt und Nüsse knackend am Küchentisch und diskutieren Probleme der Gesamtschule. So vergeht '76. Das Sonnenjahr, das Dürrejahr, das Jahr der Erdbeben. Im Frühsommer gab es einen längeren Streik der Drucker. Zeitungen erschienen nicht, ich begann diese lange Widmung zu verfassen. Noch immer ist das Wetter gut, und ein Tag sieht aus wie der andere.

9

Verhör über einen gewissen Zwischenfall in den Kindheitstagen

Nun sind Sie damals – wenn ich nicht irre, waren Sie gerade neun Jahre alt – plötzlich für einen Tag und eine Nacht verschwunden. Ihr Herr Vater mußte Sie im Berg, wie er schreibt, suchen, und er mußte Sie gewaltsam nach Hause zurückschleppen ... Ihre Eltern waren sehr in Sorge um Sie. Was haben Sie damals im Berg gemacht?

Ich kann mich nicht erinnern.

Warum sind Sie verschwunden?

Ich weiß es nicht.

Waren Sie allein im Berg?

Ich glaube ja.

Suchten Sie etwas Bestimmtes im Berg?

Das ist möglich.

War es etwas, das Sie verloren hatten, oder suchten Sie etwas lediglich Erhofftes, etwas Unbekanntes?

Das weiß ich nicht mehr.

Aus dem Artikel Ihres Herrn Vaters geht hervor, daß Ihre Krankheit zum ersten Mal bemerkt wurde, als Sie aus dem Berg zurückkehrten. Sie erinnern sich?

Nein.

Sind Sie im Berg einem Menschen begegnet oder mit irgendwelchen Lebewesen in Berührung gekommen?

Ich erinnere mich nicht.

Was aßen Sie, was tranken Sie im Berg?

Ich weiß es nicht mehr.

Wollen Sie behaupten, Ihr Herr Vater hätte niemals mit Ihnen über Ihre Krankheit gesprochen, Sie niemals über Ihre außerordentliche Krankheit unterrichtet, Ihnen niemals seinen Artikel im ›Paracelsus‹ zu lesen gegeben?

Nein. Niemals.

Nun . . . Sie müssen wissen: wir bezweifeln seine Thesen im ›Paracelsus‹. Wir sind zu Ihnen gekommen, um den Fall wiederaufzurollen. Ihre Krankheit ist seit Jahrzehnten ein heißumstrittenes Thema –

Welche Krankheit? Ich bin nicht krank.

Wir konnten nicht ahnen, daß Sie von gar nichts wissen. Hören Sie also genau auf unsere Fragen! Mit wem hatten Sie häufig Kontakt in Ihrem zehnten Lebensjahr?

Ich war viel allein.

Keine Freunde, Spielkameraden etc.?

Nein.

Nähe zur Mutter, Nähe zum Vater?

Nähe? Nein.

Sonst irgend jemand?

Ingeborg.

Wer war das? Was können Sie uns von ihr erzählen?

Nichts.

Aber wenn Sie sagen »Ingeborg« ...

Der Name stimmt.

War sie mit Ihnen im Berg?

Ich glaube nein.

Wie fühlen Sie sich jetzt?

Gut.

Keinerlei Beschwerden?

Dann und wann, ganz normal.

Etwas Bestimmtes?

Nein.

Besondere Bedürfnisse, besondere Qualen?

Nein.

Hat sich, nachdem Sie aus dem Berg zurückgekehrt waren, irgend etwas in Ihrem Leben verändert?

Ich kann mich nicht erinnern.

Haben Sie vielleicht in der Schule vom Berg erzählt?

Das ist möglich.

Hat man Sie ... auch in der Schule bestraft?

Ich weiß es nicht mehr.

Haben Sie im Laufe Ihres Lebens, als Erwachsener je wieder an den Berg gedacht?

Nein. Ich glaube nicht.

Finden Sie es auf eine bestimmte Weise lästig, wenn wir Sie derlei fragen?

Nein. Nicht besonders.

Haben Sie, als Sie im Berg waren, irgend etwas als »undenkbar« empfunden?

Ich glaube nein.

Sind Sie schnell oder langsam gegangen?

Vergessen.

Wo haben Sie übernachtet?

Ich kann es nicht sagen.

Glauben Sie, daß das, was Sie »vergessen« nennen, natürlichen Ursprungs ist?

Nein.

Ah! Was, glauben Sie, steckt dahinter?

Das weiß ich nicht.

Hören Sie noch auf unsere Fragen oder nicht?

Ich glaube ... ich strenge mich an. Ja, ich höre.

Was strengt Sie an?

Ich höre ...

Wie?

Ich höre!

Wir verstehen Sie nicht ... Sprechen Sie lauter!

Ich höre ...

Gewaltsam die Stimme erheben oder weiter mitmurmeln, bis daß man sich selber vergißt?

Dantes accidiosi, die Schwermütigen, Verdrossenen, Apathischen, die Nachbarn der Jähzornigen im Sumpf des Trauerbachs – sie haben die Fähigkeit verloren, eine deutliche Sprache zu sprechen. Aus ihrem Mund quillt ein unverständliches Gurgeln, sie blubbern im Schlamm. Nur der Dichter versteht sie und kann ihr Kauderwelsch übersetzen.

> »Versenkt im Sumpfe, rufen sie: Wir waren trüb in dem süßen, sonnenheitern Luftkreis, da schleichend Feuer uns im Innern qualmte; uns selbst betrüben wir im schwarzen Schlamm jetzt.
> Sie gurgeln dieses Lied in ihrer Kehle, weil sie's mit klarem Wort nicht sagen können.«

(Ich nehme an, es ist eine vielzitierte Stelle: Inferno, Siebter Gesang, Vers 121 bis 126. Ich fand sie in Starobinskis ›Geschichte der Melancholiebehandlung‹. Diese Broschüre, erschienen in einer wissenschaftlichen Publikationsreihe des Geigy-Konzerns, habe ich nicht mehr in die Bibliothek zurückgebracht. Zeitweilig kam jede Woche eine Mahnung mit immer höheren Strafgebühren. Inzwischen haben sie es anscheinend aufgegeben. Oder aber: eines Morgens steht ein Beamter vor meiner Tür ...!)

Wir hören die eigene Stimme nicht richtig. Für unser Ohr ist es, als käme sie nie ganz nach draußen. Während wir doch die Stimme eines anderen Menschen als wirkliche Äußerung, als sein Äußerstes und als Zeichen seiner ursprünglichen Freiheit vernehmen. Wir sind darauf angewiesen, gehört zu werden.

Auch wollen wir uns andauernd richtig verstanden wissen. Zumindest haben wir ein elementares Bedürfnis, beurteilt zu werden, und fordern mit dem merkwürdigsten Getue sogar wildfremde Menschen dazu auf, unsere Interpreten zu sein.

Je vertrauter oder privater ein Gespräch, um so häufiger verheddern wir uns in Widersprüchen und Unklarheiten. Wir spüren unmittelbar, wie es geschieht, es läßt sich gar nicht vermeiden. Nicht weil wir besonders zerfahren oder nachlässig wären, sondern weil uns die Hoffnung reizt, der andere habe ein Ganzes von uns vor Augen, wenigstens aber ein Phantom davon, in dem sich all unsere abwegigen Bemerkungen, Widersprüche und Gurgeleien ganz von selbst zu einer reicheren, besseren Ordnung verbänden.

Ich müßte sofort das Gespräch mit einem Freund abbrechen, der mich auf einen Widerspruch aufmerksam macht. Wozu braucht er auf einmal etwas Gereimtes? Biete ich ihm nicht, verhohlen oder unverhohlen, meine ganze Art? Wenn er nicht mehr fähig ist, die ganze und eine Rede meiner Person zu berücksichtigen, in der es keine Trennung zwischen maskierten und eigentlichen, verfehlten und wahren Äußerungen geben kann, so wird mir seine Gesellschaft schnell überflüssig.

Schwer fiele es mir, als Partner den selbstlosen Deuter, den Analytiker anzuerkennen. Ich liege ihm gewissermaßen nur Modell, insofern er aus meinem Gegurgel das abstrakte Werk seiner Menschenkenntnis formt, von dem ich selber recht wenig zu Gesicht bekomme. Vergeblich höre ich auf Antwort aus der Tiefe des Ohrs. Auch bilde ich mir ein, daß uns die Deutung dessen, der es nur gut mit uns meint, nicht ganz gerecht wird. Wir haben ein Verlangen nach dem Anti-Ohr, und das ist: der Mund des Verführers/Versuchers, der uns einredet, wer wir sind. Dies bewegende Interesse, diese entzückte Deutung, wie sie Mephisto unablässig dem Faust gewährt, verbunden mit Partnertreue und einziger Wahl, darin zeichnet sich die Verdammnis schließlich vor der Therapie aus und noch vor der verrückten Liebe.

Was aber heißt »privat« für den accidioso, den Niedergeschlagenen? Er greift sich in den Mund, bricht vorne die Zähne heraus, zerrt an seiner Zunge, schraubt sie herum, bis sie abreißt, faßt noch tiefer in seinen Rachen, packt sich den Kehlkopf von innen her, zerdrückt die Knorpel und Bänder und gurgelt in diesem blutigen Schlamm. Nun, man wird sagen, er habe sich »ins Private« zurückgezogen, während er doch gerade diese Zuflucht sich nimmt, ja sogar das letzte Gehäuse des Eignen, den Körper, unbewohnbar macht.

Es kann sein, man kennt eine Geliebte seit langem recht gut und hat es auswendig im Kopf, was sie von sich zu äußern imstande ist. Man hat fast alles schon einmal gesehen: halbgeöffnete Lippen und geschlossene, verächtlich verzogene Mundwinkel, Lächeln, Händeführung, Schlaf, Hocken und X-beiniges Laufen. Da wird gewiß nichts Neues mehr hinzukommen. Nur eines fehlt: der Schrei. Nie hat sie in maßlosem Entsetzen geschrien. Und der Wunsch, diese einzigartige Öffnung zu sehen, wird immer drängender, je vertrauter man ist. Vielleicht, denkt man, bekomme ich ja erst eine richtige Beziehung zu ihr, wenn sie eines Tages vor mir diesen Schrei ausstößt.

Verkehrtes Pfingsten in diesem Jahr. Auf die Zunge ist schwerer Schlamm herniedergesunken.

Amiel: »Wie Dante möchte ich den Himmel gern in den Augen einer gottbegeisterten Frau schauen.«

Ich auch. Jedenfalls möchte ich den Himmel nicht weiter sinken sehen. Wofür mag sich H. jetzt begeistern? In der Vorstellung läuft sie plötzlich ganz nahe an mir vorüber, so ausgelassen und beglückt, wie ich sie niemals sah.

Manchmal, wenn sie sehr erschöpft war, redete sie leise auf englisch vor sich hin; die einfache Grammatik und die weichen Klänge schienen ihr wohlzutun, und sie konnte sogar mitten in dieser Fremdsprache einschlafen.

Ihr abwegiges Sprechen, das rigoros das, was zutrifft, vermeidet. Man muß den ganzen Menschen kennen, um zu verstehen, was er im einzelnen meint.

Ihr schwankendes Begriffsvermögen. Mal schien sie klug, mal unwissend. Je nach Außentemperatur, dachte ich manchmal, je nach Witterung. Wetterfühlige Intelligenz. Es konnte passieren, daß sie am Abend ausführlich über Metempsychose sprach, und am nächsten Tag kam ich wieder auf Metempsychose zu sprechen, und sie wußte nicht mehr, was Metempsychose ist.

Mein Wunsch, einmal wieder ihre Stimme zu hören, aus der Ferne, von dort, wo sie gerade ist –, wurde mir heute früh qualvoll erfüllt. Ich wälzte mich in einer überschlafenen Morgenstunde und wollte auf keinen Fall wach werden. Die Träume waren längst mehr erdacht als wirklich geschehen und mittendrin rief H. an. Und zwar, wie es nicht plumper sein kann, in die Person meiner Mutter verkleidet. »Hier spricht deine Mutter aus Athen –« Dann, undeutlich, nennt sie sich: »Christina Krause . . .« Der Schock, daß meine Mutter einen mir unbekannten

Namen trägt. Wie heiße dann ich? Ich frage aber zunächst: »Was machst du in Athen?« – »Willst du es wirklich wissen?« – »Ja, natürlich.« – »Da gibt es seit einiger Zeit einen neuen Lebensgefährten …« Der *Lebensgefährte,* oh! Daher der neue Name, und ihren Rufnamen hat sie gleich mitverändert! »Ein geistig sehr beweglicher Mensch«, sagt sie, und das ist eine typische Formulierung, die meine Mutter früher, auf gezierte Weise, gerne benutzte. Aber nach dem Tod meines Vaters hat sie sie, wie so viele andere, von ihm übernommene Redewendungen, immer seltener gebraucht und schließlich wohl auch vergessen.

So entsteht ein vergnügliches Rebus, das selbst der Amateur-Analytiker leicht auflösen kann. Jedermann wird schnell herausfinden, was mir der Verlust von H. »in Wahrheit« bedeutet. Aber was ist das für eine trübsinnige Wahrheit? Daß das Unbewußte keinen neuen Schmerz mehr anerkennt. Ausgerechnet das, was mich am tiefsten trifft, verschwindet in ein Schema von Betroffenheit, in dem vor lauter Papa und Mama der eigentliche Leidensgegenstand, meine einzige Freundin kaum noch fühlbar ist.

Vermehrte Neigung zum Gerundiv, dem verpönten: »die nicht zu ziehende Summe«, »das nicht zu öffnende Hemd«, »das nicht zu schreibende Werk« – tätiges Nichtwerden als Eigenschaft eines Dings.

»Alles scheint geheime Filiation zu sein«, höre ich eben noch, im Ausschalten, einen Literaten Goethe zitieren im Radio ...

Wenn das wahr wäre!

Wie wenn am Ende eines Theaterstücks, eines jener amerikanischen Psycho-Boulevardstücke – eine Dame, ein Herr, eine Dekoration – viele, viele Leute der verschiedensten Berufe und Klassen aufträten, aus allen Bühnenwinkeln hervorkämen, immer mehr Menschen, die gewissermaßen die unmittelbare soziale Filiation der beiden Hauptfiguren darstellen, der Hauswirt, der Tankwart, der Neffe, der Steuerberater, die Masseuse und viele mehr, mit denen die beiden in Berührung stehen, und die nun ihr intimes Drama auswischen, überlaufen, ausmurmeln, vergessen *machen.*

10

Richard schrieb. Sieben oder acht Stunden am Tag, unterbrochen von zahlreichen Pausen, in denen er sich H. als seine Leserin vorstellte und dabei um seine Wirkung zitterte. Mal saß er stundenlang von tiefsten Zweifeln gelähmt und wollte noch einmal von vorne und völlig anders beginnen. Dann wieder wurde er plötzlich ungehalten, daß er in der Hetze der Vorfreude nicht eilig genug vorankäme, und brach manch schwierigere Notiz früher ab als geplant. So hatte er einerseits, vielleicht stärker noch als der Berufsschriftsteller, für Form und Wirkung zu sorgen, mußte aber andererseits, um aufrichtig zu bleiben, zuweilen einem gereizten Gestaltungsunwillen nachgeben, wie es sich nur jemand erlauben kann, der keine Fremden als Leser zu fürchten braucht.

Von jenseits des Reichs der Trennung drang nichts mehr zu ihm. Er verlor das Interesse an den Fragen der Zeit. Vorgänge des öffentlichen Lebens erreichten ihn nur durch TV und erreichten ihn also nicht. Gesicherte Erfahrungen und feste Gewohnheiten der Vernunft verschmolzen wieder zu einer Rohmasse von Unfertigkeit, Angst und Unwissen. Bei Gelegenheit versuchte er, schwerfällig wie ein Betrunkener, sich vorzumachen, daß seine politische Moral noch die alte sei. Aber er fand nichts Konkretes zu sagen, und so kam nur ein leeres, philosophisches Lallen heraus... »Alles erste Entfremdung, glühende Filiation, von den Händen in den Kopf, innerer Friede nur durch gerechte Volkswirtschaft...«

Jeden Abend, ungefähr ab halb sechs, verbrachte er vor dem Fernsehapparat und schaltete wahllos und ungeduldig zwischen den Programmen hin und her, so lange bis mitten in der Nacht nicht mehr gesendet wurde. Es gab ihm einen Rest von Geborgenheit, einer unter zwanzig Millionen vergessenden Zuschauern zu sein, die wie er im selben Ausstrahlungskäfig, in derselben Isolation denselben Geschehnissen untätig beiwohnten. Nicht selten sah er an einem Abend bis zu fünf Nachrichtensendungen, immer wieder Heute, immer wieder Tagesschau. Und doch konnte er nicht eine einzige Meldung bei sich behalten; sobald er abschaltete, war alles, wie eine Sinnestäuschung, vorbei und nie gewesen. Erst nach dem Entzug jedweder Opposition zu einem Menschen, einem Körper, einem Mund war er in dieses TV-Delirium verfallen, und es hatte ihn depolitisiert bis auf den Grund. Allein in Achtung vor der Literatur fühlte er sich lebendig. Gegen den dumpfen Tumult der Gesichte, welche Bedeutung gewann da die Schrift, der große Intensivierer, die *Ritzung*, wie er lieber dachte, die festgeschriebene Sprache! Diese Sprache begleitete unverwirrt die traurige Rückreise seiner Person und verband ihn schützend, selbst von der entlegensten Privatstation, mit ihrem »öffentlichen Gut«: der Grammatik aller Deutschsprechenden, durch die er erwachsen blieb, so sehr er auch wimmerte und sich krümmte. Ihr ordentlicher Gebrauch richtete ihn oft genug auf, stimmte ihn in manchen Stunden sogar ausgesprochen gesellig und dann war ihm, als sei er ausgegangen und rede, was er schrieb, unter Freunden weiter.

Allein der Vorgang, daß ein belangloser Satz auf deutsch von selbst, immer noch von selbst! richtig gelang, konnte ihn trösten in einer Lage, in der ihm fast alles, wozu er seine Hände gebrauchte, daneben ging, von der Klosettspülung bis zum Aufziehen der Fenstervorhänge des Nachts. Nach einem gesetzten Punkt sah er sich die vorliegende syntaktische Form an und prüfte sie nicht anders als ein Schreiner, der die Kanten eines fertigen Möbels abfährt. Jeder Satz, gemacht und ihm entfremdet, wurde als Ding unter Dingen begrüßt, im gleichen Rang wie Lampenschirm, Teppich, Fensterrahmen, nur daß er es selber hergestellt hatte und deshalb besser damit zurecht kam. (Die besten Erfahrungen machte er mit einfachen abstrakten Sätzen. »Die Stunde verlief ruhig« war ein Ding, während »Der alte Mann verlor seinen Hut« im Grunde keines mehr war. Beschreibende oder erzählende Sätze dehnen einen zweiten sinnlichen Körper aus, der das eigentliche Satzding überflügelt und verdrängt.)

Richards Material war sein eigener Zustand, ein allgemein bekannter Schmerz, vergleichsweise harmlos und doch für den, der ihn aussteht, eine hermetische Welt. Er unternahm keineswegs den Versuch, sich aus ihr zu befreien, wenn er schrieb. Er erzählte ja nicht, er hoffte! Daher suchte er nach der Form einer Ablenkung, die ihm erlaubte, seinen Zustand auf Dauer zu ertragen, denn ihn aufgeben hieß, H. für immer aufzugeben. So waren schließlich die Anfänge, Momentberichte und Entwürfe, »das zähe Gewebe der Brüche«, an dem er arbeitete, am ehesten dazu geeignet, etwas von ihm zu nehmen, auf das er deshalb nicht verzichten mußte und das ihm nicht verlorenging, wie es mit erzählten Erinnerungen doch oft geschieht.

Am Ende ihrer Trennung, die er nach wie vor für eine befristete hielt, wollte er Hannah das gewissenhafte und entsetzliche Protokoll ihrer Abwesenheit überreichen, und es sollte die Lücke zwischen dem Abschied und der Wiederkehr ausfüllen, so daß sich später das Ganze eines niemals abgerissenen Gesprächs wiederherstellen ließ.

11

Den heutigen Tag zum Tag des Jahres erheben.

Ist etwas Besonderes passiert? Nein. Nichts Besonderes. Eben deshalb.

Ich möchte an gewisse Geschenke nicht mehr denken müssen, die ich ihr gemacht habe und die ihr keine Freude bereiten konnten.

Überflußgesellschaft. Ein kleines Mädchen hat auf einer Kinder-Tombola den Großen Preis gezogen. Es steht neben dem Conférencier auf der Bühne und glüht vor Aufregung. Da tragen fünf Bühnenarbeiter eine riesige durchsichtige Packung mit 1000 Puppen herein. Aber was ist das für ein Gewinn? Tausendmal die gleiche Puppe, tausend gleiche Schwarzwaldmädel. Die Eltern im

Saal halten es zuerst für einen kritischen Witz, der sich an sie richtet, und sie kichern zaghaft. Der Conférencier aber, der nicht wußte, was sich hinter dem Großen Preis verbarg, ist sofort erschrocken und redet fahrig drauflos. Das Kind versucht mit kleinen Fäusten ein Schluchzen zu unterdrücken, verliert aber die Beherrschung und heult aus Leibeskräften. Im Publikum wird es unruhig, die Eltern erzürnen sich, Schmähungen und Proteste werden gerufen. »Kinderquälveranstaltung!« schreit die Mutter in sieben wutbeschwerten Silben; sie stürmt, mit anderen im Gefolge, auf die Bühne und nimmt ihr Kind vor dem Großen Preis in Schutz.

Da bei der Hitze alle Fenster offen stehen und die Wohnungen dort, wo jemand zu Hause blieb, tief geöffnet sind, hört man in der Nacht von weit her die Telefone läuten.

Ich habe Hannahs Föhn benutzt, auf Kaltstufe, um mir etwas frische Luft auf die Stirn zu blasen. In der Düse hatte sich ein Haar von ihr verfangen, das nun schon zur Hälfte versengt war. Der Geruch zog Todesbilder an, Hannah auf dem Scheiterhaufen, Hexenverbrennung, dann ein Gedanke an Michelets Buch über die Hexe, die progressive Frauengestalt des späten Mittelalters, von dort zurück zu H., die nun zur großen Vernünftigen wurde, dem Geist des Fortschritts folgend, als sie mich verließ. Und so weiter. Längst war der kleine

Reiz vorbei, ich roch nichts mehr, das Gedächtnis aber hatte wieder eine Logik, in der es hin und her rasen konnte.

Manche Menschen scheinen völlig unfähig zu sein, Demütigungen zu erleiden. Die einen gestatten sich in ihrem Inneren überhaupt niemals einen passiven Augenblick. Sie entgegnen sofort oder wenden sich schnell den nächsten Dingen zu. Andere wiederum nehmen wohl die Demütigung an, lassen davon aber keine Spur, nicht den geringsten Widerschein auf ihr Gesicht hinaus – sie haben einfach keine Miene für diesen Affekt, besitzen sie nicht. Ich denke an Fritz, den Schuldiener: ein immerzu ausdruckswilliges Gesicht, doch es kommt nichts zum Vorschein; aufgedunsen, weniger durch Fettgewebe als infolge krankhafter Ausdrucksverstopfung.

Zahnfleischbluten. Muß jetzt bald etwas Vernünftiges zu essen bekommen. Salate. Eiswürfel lutschen, kalte Mundhöhle, am ganzen Leib zu spüren. Nur was der Erinnerung entkam, ist gut aufgehoben. Nichts mehr zu essen im Haus.

Nach dem Fernsehen noch einmal zurück an den Tisch, wieder bis hierher zurück, wo soviel schon geendet hat und soviel des Geendeten, die Stirn in der hohlen Hand, ausgehalten wurde.

Wenn sie wiederkommt, wird zum ersten Mal ein Sie zwischen uns fallen. Ich werde Sie zu ihr sagen, vor Glück.

Nichts kann mehr verschwinden als ein großes Passagierschiff, das in den Ozean sinkt. Universales Anrühren von Verschwinden. Ich war zwölf Jahre, als ich im Fernsehen die »Andrea Doria« untergehen sah. Es ist kaum möglich, bei einem solchen Anblick, der Opfer an Menschenleben, wie sich's gehört, zu gedenken. Fast die ganze Trauer gehört dem brennend sinkenden, dem *stolzen* Schiff.

Ich weiß wohl: jeder hat das, was mir mit H. zugestoßen ist, in dieser oder jener Form schon einmal durchgemacht oder es wird ihm bevorstehen. Ja, Tausende erleben es jetzt vielleicht zur selben Stunde, und doch bin ich fest davon überzeugt: nicht ein einziger würde sich in mir wiedererkennen. Ich bin kein Leidensgenosse.

Welches Glas möchtest du lieber, fragt sie mich, das rote oder das grüne? . . . Ich höre sie ganz nah und deutlich, es ist kaum auszuhalten . . . Welch gottväterliches Geschenk der freien Wahl zwischen dem roten und dem grünen Glas!

Mein Gedächtnis für ihre Stimme und ihr Sprechen erzeugt eine beliebige Anzahl neuer Sätze, die gar nicht der

Erinnerung entstammen, die nie von H. zu hören waren und doch ganz unverwechselbar aus ihrer Art zu sprechen hervorgegangen sind.

In letzter Zeit, wenn sie die Tür zum Badezimmer öffnete, erblickte sie oftmals ihren verlorenen Freund, wie er unansprechbar fern in seine Leibespflege vertieft war. Nach Jahren der, wie sie meinte, unbefangenen Körpergemeinschaft zog er sich, nach Feierabend, allein, ohne ein Wort zu verlieren, ins Bad zurück und kam nicht vor einer vollen Stunde wieder heraus. Unter einer besonders anfälligen Haut hatte er schon immer zu leiden, inzwischen aber war ein üppiger Garten ausgeschlagen von Röten, Nässen, Flechten, Pusteln, Pilzen und Geschwüren, den er täglich besorgen mußte, allein um die Reizungen zu lindern, denn Heilung auf der Haut ist selten. Um so größer das Angebot an Arzneien, und er probierte sie alle geduldig aus, Kräuterbäder und medizinische Waschungen, Cremes, Puder, Massagen, Bestrahlungen, Beschichtungen, Bepinselungen – seltsam aber, daß er niemals sprach über seine Kur; er vollzog sie stumm und ohne Kommentar, als sei sie eher von einem Instinkt als vom Bewußtsein gesteuert, ähnlich einer Katze, die sich, unter Lust und Zwang, immer nach demselben Schema säubert . . .

Sie schloß die Badezimmertür. Er hatte nicht einmal gemerkt, daß sie ihm lange zuschaute! Sonderbares Haustier, dachte sie, ein Ungetüm der Selbstbefingerung.

Mir scheint, das ist das Ende der fröhlichen Eigenliebe ... er gefällt sich nicht mehr, und so wird er mir nicht mehr gefallen – oder war etwa ich die erste in der Reihenfolge? Sein Körper zeigt sich übersät mit onanistischen Ornamenten und Wunden. Ist es nicht eine Abart von Selbstgenuß, sich so zu betupfen, zu bestreichen? Aber vielleicht ist es auch gerade umgekehrt: die Ekzeme, die trockene und die nässende Haut, – Berührungsmangelschäden, so als wär' ich ihm nicht nah genug? Was also in Wahrheit? Weist er mich ab oder schreit er nach mir, in dieser tierischen Stummheit? Wie soll ich mir bloß die vielen häßlichen Zeichen deuten?!

Den leeren Abendschein genieße ich. Oft gehen die Vorhänge spät erst auf, wenn ich sicher bin, die Sonne selbst ist nicht mehr zu sehen. In den letzten Tagen treten um diese Stunde auf das Dach des gegenüberliegenden Hauses zwei Dachdecker hinaus und beginnen eine Schwarzarbeit. Nach wenigen Handgriffen schon werden sie auffallend albern. Ich sehe, wie sie Grimassen schneiden und komische Verrenkungen machen. Sie benehmen sich ganz so, als machten sie sich über ihre eigene Arbeit lustig. Ohne sie deshalb weniger geschickt auszuführen. Sie werfen sich die Ziegel durch die gespreizten Beine zu, nicht ohne sie vorher an ihr Geschlechtsteil oder den Hintern gedrückt zu haben. Sie gehen in ihren Witzen sogar so weit, daß sie sich gegenseitig vormachen, wie es wohl aussähe, wenn einer von ihnen ausglitte und die

Dachschräge hinunterrutschte. Es stimmt, in ihrer gefährlichen Ermüdung könnten sie wirklich leicht vom Dach fallen, wenn sie nicht dauernd wachsam mit dem Gedanken *spielten,* hinunterzufallen.

Ich kann mir nicht vorstellen, daß man mich sieht.

Das Gefühl für ihre Nacktheit entlieh sie der Vorstellungskraft eines Liebhabers, den sie seit langem abwies.

Wieviel tote Dinge haben sich mir im Laufe der Jahre in sexuell erregende verwandelt. Am stärksten aber blieb in Erinnerung: das Suchtverlangen nach dem Duft und dem Farbdruck meiner Tarzanhefte; später, etwas geringer, die Sucht, Kristalle hinter Gittern oder Glasschirmen anzufassen und Marmorstatuen mit der Zunge zu berühren. Heute, remythisiert und gehörnt wie ich bin, empfinde ich, daß der Sexus überhaupt aus den Statuen kommt. Nach ihnen hat man den nackten Menschen geschaffen, er war nicht zuvor. Vor dem unbelebten Körper gab es keinen Sexus.

Manchmal, wenn mir, sehr flüchtig, ihr Bild auftaucht, erwische ich eben noch ihr zurückweichendes Lächeln, jenes trennende Lächeln, in dem sich ihr Gesicht von dem meinen löste, wie es einmal geschah, nach einem langen Kuß, den sie aufgab, weil er keine neue Wendung mehr nahm.

Erschütterung durch unser beider Ungleichheit in dem, was man die »Vereinigung« nennt und heißen müßte: die Erschütterung. Ein Mal, jedenfalls ein Mal. Ich kann mich dabei an keine Heiterkeit erinnern. Lust als Drama der Lust endet nicht mit Befriedigung, Erfüllung und sich dehnen statt sehnen. Es ist vielmehr das Gefühl, einen unvordenklichen Ernst erreicht zu haben. Jeder für sich, kein Getue mehr. Tränen, nicht wegen eines Kummers, sondern um weiterhin zu fließen. Daher auch der Wunsch, sich leicht zu verletzen und zu bluten, nur um den beruhigenden Fluß zu spüren. Keinerlei Verständnis für das Triviale. Aber schnell ergriffen von alten, primären Symbolen: Blindheit, Meer, Haus, Schrift, Pferd. Bei gleichzeitig aggressivem Überdruß an kleineren, »sozialeren« Symbolen: Spiegel, Geld, Schuh, Blume, Teig, Uhr – und was dergleichen Plunder uns täglich in seine niedrige Ordnung ruft.

Lust als biografische Produktion, als Augenblick sich zu verstehen gebenden Lebens wird von denselben beiden Menschen vielleicht nie ein zweites Mal erreicht. Nachdem sie, einer durch den anderen, plötzlich soviel Unbekanntes von sich selbst erfuhren, werden sie zögern und sich fragen, ob sie noch zusammen passen.

Ohne Zweifel ist die Lust beliebig reproduzierbar. Die Bedeutung hingegen, die sie schafft und hinterläßt, ist es nicht. Es kann sehr wohl ein einziges Mal nur zu einer Spitzenbedeutung der Lust kommen und alle übrigen

Male zu etwas weniger. Hier wird die Politik der Liebe für Ausgleich sorgen. Sie bewahrt ein antreibendes Gedächtnis für die einmalige, subversive Verausgabung und bewahrt zugleich davor, daß die vielen schwächeren, gemäßigteren Reproduktionen als Schwund und Mangel empfunden werden.

Unter alledem muß ich unablässig denken: Hannah und Fritz, der Schuldiener, mit dem ich nun verwandt bin ...

Warum ist sie gegangen? Was habe ich ihr getan? Es bereitet mir fast theologische Qualen, daß ich es nicht wissen *kann* ... Ich selber bin der ganze Grund und krieg ihn nicht zu fassen.

Wir haben doch eigentlich beide nicht weiter gewußt ... Nichts verbindet am Ende, gar nichts.

Die Hitzekatastrophe dauert an. Man soll den Wasserverbrauch auf das Notwendigste beschränken, heißt es in der Tagesschau, auf keinen Fall den Wagen waschen! In Belgien hat der Erdboden neunzig Prozent seiner Feuchtigkeit verloren. Die Autobahn zwischen Mannheim und Frankfurt ist gesperrt, da sich Waldbrände bis dicht an die Fahrspuren herangefressen haben. Unnütz werden Rinder geschlachtet, da die Bauern nicht wissen, wie sie mit dem knappen Futter ihr Vieh über den Winter bringen sollen. Die Preissenkungen für Rindfleisch schlagen aber nicht bis zum Verbraucher durch. Kilometerlange Stauungen im Süden, auf den Fernstraßen hohes Verkehrsaufkommen. Der unschuldigen Nachrichtensprecherin hat die Redaktion einen Text aufgesetzt, in dem es heißt, deutsche Autofahrer hätten am Grenzübergang Salzburg zwei Stunden lang »schmoren« müssen. Ein lockeres Wort! Die Leidtragenden würden sich bedanken; sie hätten bestimmt lieber gehört, daß sie in der Hitze »fast umgekommen« sind. Aber nun sind sie ja unterwegs und sehen die Tagesschau nicht. Die subjektlose Frau lächelt, wie vorgeschrieben, bei »schmoren« uns zu, der anderen Hälfte der Bundesbürger, die sich freuen darf, zu Hause geblieben zu sein.

Der Fall ist nicht selten, daß eine Frau in eine Verbindung, aus der sie mit aller Kraft herauskommen möchte, nach einem langen zähen Schlußkampf, plötzlich erschöpft, wiedereinwilligt. Ich sage: wiedereinwilligt, und nicht, daß sie einer Bequemlichkeit nachgibt oder es einfach mit sich geschehen läßt. Es ist vielmehr so, daß sich auf der äußersten Schwelle der Lossagung und Erschöpfung, aus unerklärlichen Gründen, der überzeugte Wille erhebt, es noch einmal zu versuchen.

Der Mann, der verlassen werden sollte und seitdem mit allen, auch mit verbrecherischen Mitteln darum kämpfte, die Liebe seiner Frau wiederzugewinnen, steht plötzlich, völlig überrumpelt, vor dem happy end.

Wie sehen aber die ersten Tage nach der Rückkehr aus?

Wie fällt das wahre Drama der abrupten Sehnsuchtserfüllung einerseits, der tiefen Sehnsuchtsentkräftung andererseits aus?

Ich würde es gerne wissen. Ich kann es mir aber nicht ausmalen. Das Begehren für eine solche Situation ist derart groß, die Situation selbst erscheint derart ideal, daß ich sie mir nicht auf anschauliche Weise vorstellen kann. Der letzte Fang der Hoffnung ist nicht mal mehr ein Bild, kein bißchen Geschichte, nur noch ein emphatischer Gedanke.

Es heißt, Lazarus habe von der Stunde seiner Auferstehung an nichts anderes gekannt als ein wahnsinniges Grauen vor dem Tod – und die Wiedervereinigten? Wie werden sie in der wissenden Furcht vor der Trennung zusammenleben?

Zwanzig Jahre könnten wir, Hannah und ich, in dieser halben Stadt vor uns hingehen, ohne uns je zu treffen, wenn es der Zufall nicht will.

Nur wenn ich nicht in der ersten Person schreibe, sehe ich sie, in fünf, sechs Monaten, wieder nebeneinander sitzen, Hannah und mich; nachdem nun alles vorüber ist, sitzen sie über den Schreibtisch gebeugt und prüfen die Rechnungen, Kontoauszüge und Zahlungsbefehle, die sich in der Epoche ihrer Trennung angesammelt haben.

Während sie beide, abgelenkt voneinander, rechnen und buchführen, steht, neben ihm, Hannah von ihrem Stuhl auf, langsam wie hydraulisch gehoben, öffnet die Augen einmal überweit und sieht aus der Ferne auf ihren zählenden Freund hinunter – nach all der Zeit. Ohne daß ich es wollte, denkt sie, ist nun die Karriere meiner Berührungen, meine ewige Suche und Suche in eine tiefe Wiederholung eingemündet ... Dann setzt sie sich wieder zu ihm und nimmt seine Hand, das kostet sie jetzt keine besondere Absicht mehr. Leise und gleichmütig heiter beginnt sie alle Vorzüge aufzuzählen, die sie an sich finden kann. »Welche Frau hat schon soviel Irrtum hinter sich und ist dabei doch hübsch dieselbe geblieben ... welche Frau weiß schon soviel von der Pädagogik wie ich, Curriculumexpertin, und hat aber noch nie einen einzigen Studenten erzogen, einen einzigen Schüler – und kein Kind! Welche Frau hat sich ihren Wortschatz von so vielen verschiedenen Menschen zusammengetragen und denkt dazu noch in zwei Sprachen, denn das kann ich!«

Soviel Vorgang, soviel Lauf der Schrift, nur um sich in einer ausweglosen Lage ein bißchen Bewegung zu verschaffen ...

Und das war alles?

Was ist aus dem Kind geworden, das vor dem ersten Wort, das es selber schrieb, die Flucht ergriff, von seinem Erstgeschriebenen mit Entsetzen abließ und sich nicht bereit fand, es fortzuführen? Meine Güte, ein Buchhändler ist dann aus ihm geworden. Jemand, der anderer Leute Schrift las und verkaufte, mit einer gewissen Gier über den Ladentisch von sich schob; jemand, der ausgerechnet am Buch, dieser besonders undinglichen Ware, sein unwiderstehliches, weil von seiten der Eltern verpöntes Verlangen nach Handels- und Geschäftsbeziehungen zu stillen suchte. Bis ihm eines Tages, mitten im Verkauf, der Triebfaden riß. Bis ihn ein Liebesunglück aus seinem Beruf und dem Umlauf der Bücher herausschleuderte und so weit zurück schickte, daß er sich zuletzt vor seinem erstgeschriebenen und einst aufgegebenen Wort wiederfand und nun, gierig und mühsam, alles versuchte, daran anzuknüpfen, es endlich fortzusetzen.

Gemeine Nacht. Der Schlaf hat mich kleingekriegt, heruntergeputzt, wie es sich ein Chef nur mit seinem treuesten Untergebenen erlauben kann. Mit vor Kränkung geballten Fäusten bin ich aufgewacht. Heute: nichts, überhaupt nichts. Selbstvergewisserung durch heftiges Kopfschütteln. Als seien in einer einzigen unruhigen Nacht alle Elemente der Biografie so durcheinandergewürfelt worden, daß sie nun den Code einer Todesursache bilden. Ich muß jetzt unbedingt raus hier.

In Aussichtslosigkeit mich mehrmals frisiert, die Fuß- und die Fingernägel geschnitten.

Merke wohl, wie meine kühne und festliche Trauer zu

Ende geht und eine kleinbürgerliche Schrumpfmelancholie übrigbleibt.

Vielleicht sollte ich zugeben, daß ich meine Leidensfähigkeit überschätzt habe.

Er sagt: »Wie du weißt, erhält man die gleichen Resultate, wenn man entweder eine beliebige Anzahl von Münzen gleichzeitig oder eine einzige Münze beliebig viele Male auswirft ...« Sie versteht nicht, was er sagt, da sie ihn im selben Augenblick sehr heftig begehrt. Er wiederholt den Satz, denn darum hat sie ihn gebeten. Sie horcht, unter großer Anstrengung, auf das Motiv, das ihn diesen Satz sagen läßt, und so entgeht ihr wiederum der Sinn. Sie sagt, sie verstünde nicht. Er wiederholt ein zweites Mal, aber die Furcht, nicht zu verstehen, macht sie fast taub. Es erscheinen Falten auf ihrer Stirn, Tränen, sie beißt auf ihre Unterlippe. Nun versucht er zu erläutern, was er gesagt hat, aber das mündet sehr schnell in die gleichlautende Wiederholung des Satzes ein. Sie ruft unbeherrscht, daß sie nicht wisse, wovon eigentlich die Rede sei. Die Rede, die ihr so nah ist. Sie gibt auf, sie schüttelt den Kopf, sie will nichts mehr hören, sie läuft aus dem Zimmer.

Die Luft ist etwas frischer geworden. Ein leichter Nordost weht jetzt unter den staubigen Hitzepanzer. Das ist geblieben von einem kurzen feurigen Hagelgewitter, das vorhin über Berlin niederging. Ich stand vom Tisch auf, als ich merkte, daß es draußen, zur späten Mittagsstunde, plötzlich düster wurde. Ich hob die Vorhänge beiseite und sah über mir eine einzige schwarze Wolke, schwer geladen, gewölbt wie ein riesiges Menschenhirn und, da sie gerade die Sonne verdeckte, mit einem stechenden Glast umrissen. Sehr niedrig. Ringsum war der Himmel, wie seit Monaten, heiter und klar. Aus dieser einzigen Wolke platzte dann der Hagel heraus, und sie riß auf und verwehte in hellen, dampfenden Schleiern. Nun prügelten Eiskörner, taubeneigroß, wie es später zutreffend im TV hieß, die Dächer und Straßen, und über der ganzen Stadt erhob sich ein unbekannter Klang, ein Dröhnen, wie es nicht von Motoren erzeugt werden kann. Die Autos blieben in dem dichten Hagelschlag mitten auf der Fahrspur stehen. Die auf und ab klappenden Wischer nützten gar nichts und waren nur ein Ausdruck dafür, daß drinnen die Fahrer ihren Augen nicht trauten. Vor ihnen lag ein weißer Winter auf der Straße. Es war dunkel und die Temperatur um zehn Grad gestürzt. In weniger als zwanzig Minuten war alles vorüber. Die Sonne stand wieder frei am Himmel, ein wenig gesunken, aber immer noch heiß, und löschte die Nässe von den Steinen und vom Blech, spurlos. Ein Zwischenfall ohne Folgen. Nur der feine, zuckende Wind, der vorher nicht war, der mir von den Bäumen am Straßenrand und aus dem nahe gelegenen Park eine Weile noch den frischfauligen Duft von trockenem gewaschenem Holz in mein Zimmer weht.

Berlin ohne Ende

Schroubek schrieb nicht mehr weiter. Er hatte kaum noch die Kraft, aufrecht im Stuhl zu sitzen. Vor zwei Tagen hatte er den letzten Fruchtjoghurt, den letzten Riegel Schokolade hinuntergeschlungen. Nun gab es nichts mehr. Aus der Küche stanken die Abfälle. Er hatte darin nach Essensresten gewühlt. Er lag vor Hunger frierend und halb bewußtlos auf dem Bett, im Rücken aufgestützt, so auch in der letzten Nacht vor dem Ausgang; ohne sich auszuziehen, ohne ins Bad zu gehen, an dieses Atmen gefesselt, das im Fieber beschleunigte Pumpen, bei dem sich der magere Brustkorb heftig aufbäumte und immer wieder zurückfiel. Der Fernsehschirm strahlte unentwegt auf ihn ab. Solange noch keine Sendungen liefen, starrte er das Testbild an, gerade so, als sei es ein Vexierbild, das man auf etwas anderes hin durchschauen müsse. Zu jeder vollen Stunde hörte er die gesprochenen Nachrichten. Abends streifte er dann, wie immer, durch die Programme, im ruhelosen Wechsel zwischen Ost und West, bemüht, von keiner Sendung den Faden zu verlieren. Dabei konnte er kaum noch unterscheiden, ob die Fülle und die Zersetzung der Erscheinungen dem Apparat vor ihm oder seinem Fieberkopf entstiegen. Nachts, vom Sendeschluß bis zum ersten Frequenzton am Morgen, fiel der dichte schwarzweiße Schnee, und er duldete sein eintöniges Rauschen, den toten blauen gottgestohlenen Schimmer, unter dem er schließlich Ruhe fand.

»Ich muß dich sprechen!«

Er hörte ihre Stimme und nickte mehrmals demütig mit dem Kopf, vergaß aber zu antworten.

»Hörst du mich?«

»Ja . . .«

»Jetzt sofort. Geht das?«

Sie telefonierte aus einer Kneipe. Chansonmusik und Schankgeräusche, über die sich ihre Stimme erhob. Aus dem Hintergrund brüllte jemand ihren Namen: »Hannah!«

»Ich komme gleich«, sagte Schroubek schwach.

»Wie? Sprich lauter!«

Die Kneipe, vor der sie auf ihn warten wollte, hieß »Erntedank« und befand sich nicht weit von seiner Wohnung in der Suarezstraße. Er konnte zu Fuß bequem in zehn Minuten dort sein. Beeilung! rief er laut, vorwärts! Er merkte, wie er sich vor Aufregung in überflüssige Handgriffe zerstreute, Dinge anfaßte und wieder hinlegte und um die eigne Achse wirbelte. Die Beine knickten auf einmal ein, als seien sie mit Schaumstoff gefüllt. Er fiel in den Korridor und sein abgenutztes weißes Hemd, von Schweißflecken, Joghurtresten und Kugelschreiberstrichen schon besudelt, nahm nun auch noch den Staubdreck an, der fingerdick auf dem Parkett lag. Ein Glück! sagte er, denn fast wäre er aus der Wohnung gerannt und hätte das Wichtigste vergessen. Der Anruf hatte ihn derart durcheinander gebracht, daß ihm sein einziger Gedanke, die seit Monaten einzige Erwartung plötzlich entfallen war: die Schrift! Die Papiere für H., die sie unter allen Umständen lesen mußte, selbst wenn sie, wie er jetzt hoffte, ohnehin bereit war, zurückzukehren. Wie sollte eine neue Verbindung zwischen ihnen beginnen, solange sie nicht »die Biografie seiner leeren Stunden« kannte? Er räumte die letzten Blätter vom Schreibtisch und steckte sie zu den anderen, bereits gesammelten und geordneten, die er in Hannahs Zimmer aufbewahrte. Den immerhin nicht dünnen, festgeschichteten Stapel schob er in eine alte Aktenmappe und verließ seine Wohnung. Er stieg vorsichtig das Treppenhaus hinunter, die rechte Hand zur Stütze an dem breiten Wulst des Geländers, drei Stockwerke. Nervös fürchtete er, vor dem Ziel in Schwäche zusammenzubrechen und seine Verabredung durch Ohnmacht zu versäumen. Als er auf dem Absatz zwischen dem ersten Stock und Parterre angekommen war, hörte er plötzlich, wie in dem nachtstillen Haus ein Telefon anschlug. Er blieb stehen und versuchte genau zu hören. Ja, es war sein Apparat. Das Geläut kam oben aus seiner Wohnung. Also mußte er zurück, und er hetzte. Nach wenigen Aufwärtssprüngen stürzte er, rutschte eine halbe Treppe zurück und verlor dabei seine Aktentasche aus der Hand. Ein zweiter

Anruf! Wochenlang niemand, dann gleich zweimal hintereinander; wie immer bei Glücksfällen, dachte er, einer kommt selten allein. Da er wegen des Splitterbruchs auf einem Brillenglas nur mit dem linken Auge frei sehen konnte, verschätzte er leicht die Stufenabstände und kroch daher lieber und krabbelte aufwärts, als daß er noch einmal riskierte, zurückzustürzen. Es klingelte nicht mehr, als er auf seiner Etage angekommen war. Er brauchte die Wohnungstür gar nicht aufzuschließen. »Wird nichts gewesen sein«, sagte er, »hat sich einer verwählt.« Er war jetzt nicht in der Stimmung, sich enttäuschen zu lassen. Er lehnte sich schräg über das Treppengeländer und ließ sich wieder hinuntergleiten. Unten nahm er die Aktentasche fest in den Griff und trat endlich hinaus auf die Straße. Obwohl der Kaiserdamm um diese Stunde, Sonntag nachts, kaum belebt war, verschwamm ihm der spärliche Verkehr von Menschen und Autos, wie auf einem zu lange belichteten Foto, zu einer karnevalistischen Fülle, in der er keinen Halt mehr fand. Er mußte sich erst langsam wieder an die körperliche Nähe, die volle Gestalt der Dinge gewöhnen und blieb so an allem, was vorbeistreifte, hängen, sah sich um, fast verführt, den Unbekannten zu folgen. So hielt er sich verschiedentlich auf, betrachtete drei Ehepaare in Abendkleidern, Opernbesucher auf dem Heimweg, stellte sich zu Hundebesitzern, die den reichen Kot ihrer Tiere bewunderten, sah vor einer Pizzeria drei streitenden Türken zu und lief hinter einer Gruppe Jugendlicher her,

Wochenendausflügler aus Bayern, nur um einen Witz, den gerade ein Mädchen erzählte, zu Ende zu hören. Allmählich wurde er wieder eingerichtet auf die normale Geschwindigkeit und relative Dichte der Ereignisse. Auf der Höhe des Litzensee-Parks wollte er die Straßenseite wechseln und wartete an der Ampel auf Grün. Plötzlich hörte er die bayrischen Touristen hinter sich. Eine Mädchenstimme redete ihn mit Du an und fragte ihn nach einer Diskothek. Er drehte sich erschrocken um und mußte erleben, daß unter seinem Anblick das Mädchen heftig zusammenzuckte. Es sah sofort zur Seite. Auch die anderen wendeten sich ab. Als sie gewahr wurden, wen sie angesprochen hatten, verzichteten sie auf Auskunft und wollten unverzüglich weitergehen. Schroubek versuchte die elende Schreckensverstrickung zu durchschlagen, strengte sich an, ihr Vertrauen aus der Entfernung zurückzugewinnen, indem er ihnen hinterherrief, daß hier der Kaiserdamm, nicht der Kurfürstendamm, hier kaum Vergnügungsstätten, dort aber die Menge . . . Der Satz verunglückte in jeder Form. Als gefällige Auskunft begonnen, verschärfte sich der Ton, je weiter die Angesprochenen sich entfernten, und endete mit einer bösartigen Zurechtweisung. Grammatik und Affekt hatten sich gegenseitig durcheinander gebracht. Schroubek hielt den Mund. Hab nun mal nicht die Ruhe weg, wie ihr, dachte er, und schon gar nicht zu diesem äußersten Nervenzeitpunkt! Er hörte, wie sich die Jungens jetzt über ihn lustig machten. Sie fragten das Mädchen, das ihn angesprochen hatte, ob sie auf den Depperten stehe, den Mauermonstern von Berlin. Nur einen Pulsschlag höher, und vielleicht hätte sich Schroubeks Jähzorn wirklich in dem Gewaltakt entladen, der jetzt in der Fantasie des Davonlaufenden begangen wurde. Er überquerte mit marschfesten Tritten die beiden Fahrbahnen und dachte immerzu: dem Kerl nachrennen, ihm in den Rücken springen, den dürren, schlaksigen Körper auf das Pflaster werfen, sich auf seine Brust hocken, die spitzen Ellenbogen in seine Augenhöhlen stoßen. Einmal die sogenannten ungeahnten Kräfte spüren, die einem nur in der tiefsten Besinnungslosigkeit zufließen, und dann H. um so entspannter entgegentreten, um so schöner, um die Erfahrung der Raserei und des Zorns erwachsener. Er blieb, die Allee hinunter, auf gleicher Höhe mit seinem Opfer, nur eben auf der anderen Straßenseite, wo die Idee der Mißhandlung freien Auslauf fand.

In die Suarezstraße einbiegend, trennte er sich von dem Weg, den die Touristen fortsetzten, und bald auch von der verkniffenen Erregung, mit der er durch sie beschäftigt worden war. Jetzt war er unmittelbar vor dem Ziel. Nur noch wenige Meter. Eine feste, mutige Freude drängte ihn vorwärts. Er mußte rennen. Das Lokal, vor dem sie verabredet waren, lag jenseits der Kantstraße. Ein ausgezehrter Mensch hat doch noch allerhand Reserven, dachte er, wenn er nur seine Muskeln tüchtig in Anspruch nimmt.

Am Ende eines langgestreckten Verwaltungsgebäudes

entdeckte er eine Leuchtreklame, die nach Art eines Gildenzeichens hervorragte. Das mußte es sein. Er hielt an und ging langsamer weiter, um sie nicht etwa nach Atem schnappend zu begrüßen. Auf dem gläsernen Aushang konnte er jetzt »Erntedank« lesen, in alten deutschen Lettern gemalt, von einem goldgelben Ährenkranz eingefaßt. Nun erkannte er auch, daß niemand draußen stand und auf ihn wartete. Hannah stand nicht, wie vereinbart, vor der Kneipe und wartete auf ihn. Er blieb stehen. Ich werde bestimmt nicht hineingehen, sagte er. Ich will sie warten sehen, wenigstens eine Minute, diese schönste Zuwendung ... Schräg gegenüber der Kneipe fand er einen Kinderspielplatz, wo er sich auf eine Bank setzte und die Beine ausstreckte. Gut so, dachte er, hier kann ich mich gedulden, wenn nötig, bis morgen früh. Es war vermutlich schon längst über Mitternacht. Sollte er sich etwa verspätet haben, und sie war bereits gegangen, ohne ihn abzupassen? Plötzlich bemerkte er im Dunkeln auf einer anderen Bank eine seltsame menschliche Skulptur – ein in sich verkrüppeltes Liebespaar, das, seitdem er in der Nähe war, seine Umarmung anhielt. Sofort stand er auf und lief zur Straße zurück. Er verbarg sich nun in einem Hauseingang und richtete von dort seinen Blick ohne jede Ablenkung auf das »Erntedank«. Der Wirtsraum lag im Kellergeschoß, und ein paar Treppen führten hinunter zur Tür. Durch die gebogenen Fenster sah man nichts von den Gästen, nur die Deckenbeleuchtung und Teile der klobigen Dekoration im skandinavischen Stil.

Unter Schroubeks bohrender Erwartung wurde die fensterlose Holztür ein Gegenstand von allerempfindlichster Bedeutung, der absolute Ausgang, dessen Öffnung er entgegensah mit der Zielschärfe und der unterwürfigen Hingabe eines Attentäters.

Und diese Tür ging nun wirklich auf. Er sprang aus seiner Nische hervor und hob sich auf die Zehenspitzen. Eine Frau kam die Stufen hoch. Es war nicht Hannah.

Statt dessen eine hochgewachsene Frau, nicht mehr ganz jung, wie es ihre etwas biedere, unmodische Dauerwelle verriet, obwohl sie einen Jeansanzug trug. Auch der Mann, der ihr folgte, mußte, der Figur nach zu schließen, über vierzig sein. Jedoch, sie bewegten sich voreinander so seltsam befangen, daß man ihr wirkliches Lebensalter nicht deutlich erkennen konnte. Ohne Zweifel hatten sie sich gerade erst kennengelernt. Sie waren am Wochenende ins »Erntedank« gekommen, jeder in der Hoffnung, eine Bekanntschaft zu machen, und nun ging es haargenau so wie erhofft. Die äußere Ähnlichkeit ihrer Wünsche erleichterte und ernüchterte zugleich die erste Annäherung. Aber ein folgendes, ein sogenanntes intensives Gespräch, in dem jeder sein Innerstes gab und man sich süchtig anvertraute, stimmte sie schließlich auf tiefere Weise einmütig, und sie verließen gemeinsam das Lokal, das sie nicht gemeinsam betreten hatten. Draußen auf der Straße wurde nicht mehr gesprochen. Beide daran gewöhnt, mit kurzlebigen Bekanntschaften auszukommen, wußten nun nicht recht, ob das schon Verliebtsein war, was sie diesmal spürten, oder ob dazu nicht doch noch mehr Freude, noch mehr Interesse gehörte. Diese Verlegenheit und die Unreife ihrer Begegnung ließ beide jünger wirken und ungeschickter, als sie es waren; aber dieses Ungeschick selbst bestand deutlich aus Bruchteilen eines fest erworbenen und erprobten Geschicks, mit dem sie seit langem ihre täglichen Verhältnisse, im Büro oder in der Familie, erledigten und das an diesem Abend ein wenig durcheinander geraten war. Das fremde Paar konnte Schroubek ablenken, die kleine, auffallend ungeregelte Situation zwischen ihnen und gleichzeitig: das Übliche daran, das Grundbekannte. Alles ist typisch, dachte er, alles auf Anhieb bekannt; noch der verworrenste, persönlichste Augenblick eines Menschen besteht nur aus einer etwas raffinierteren Mischung der allertypischsten, allerallgemeinsten Merkmale. Und selbst wenn es so etwas wie Einzelheiten und Individuelles wirklich gäbe, wären wir nicht in der Lage, es wahrzunehmen. Unsere Organe werden uns immer nur verständigen, wenn sie irgendeinen Zusammenhang gefunden haben, eine Typik, oder zumindest etwas davon, gerade so viel, daß der Rest zum Ganzen halluziniert wird.

Der Mann spielte mit seinen Autoschlüsseln und schien eine Umarmung vorzubereiten, zu der es aber nicht kam. Die Frau wandte sich vorher ab, wußte aber nicht, auf welches Auto sie zugehen sollte. So faßte er sie leicht am Handgelenk und führte sie zu seinem Wagen, einem gelben Ford Capri, den er halb auf dem Bürgersteig geparkt hatte. Als gäbe es dafür eine eindeutige Kennfarbe oder einen eindeutigen Buchstaben, so unmißverständlich war es ihr am ganzen Körper anzumerken, daß sie sich diesem Auto zum ersten Mal näherte, und ebenso sichtbar die Regung, mit der sie es als *sein* Auto aufnahm, als sein intimes Gehäuse, in das sie nun einsteigen sollte und in dem sie vielleicht als erstes auf Spuren eines ihr nicht angenehmen Geschmacks stieß; Mainzelmännchen, die am Innenspiegel baumeln, Schafsfelle als Schonbezüge über den Sitzen oder gar ein Aufkleber mit Sprüchen wie »Berlin-Zehlendorf grüßt den Rest der Welt« – denn nach solchem Zierat sah der Wagen aus. Würde sie ihn nicht, wenn sie fuhren, einmal, mitten in der Zuneigung, ganz fassungslos anstarren?

Schroubek verfolgte noch, wie der Wagen auf die Fahrbahn rangiert wurde, da fiel ein Licht aus der Kneipe, die Tür stand auf, und ein Mädchen stieg langsam, indem sie auf die Stufen achtete, herauf. Es war Hannah.

Wie klein sie ist! dachte er als erstes. Immer etwas zu klein gewesen, um ihm mühelos den Arm um die Schultern zu legen, wonach ihn manchmal verlangte, wenn sie nebeneinander gingen, aber es reichte immer nur bis um die Hüfte ... Hannah blieb auf dem Bürgersteig stehen und legte die Hände auf ihr Gesicht. Ihre Hemdbluse hing im Rücken über die graue Samthose. Sie hat ja dasselbe an wie beim letzten Mal ...! Aber das war ihm nur so, weil er eben alles an ihr *wieder*sah. Er wollte gerade auf sie zulaufen, da bemerkte er, daß ihr jemand aus der

Kneipe folgte, ein langer, schmaler Junge stolperte hinter ihr her. Er war sehr betrunken. Er versuchte Hannah zu umarmen. Doch fiel er mehr an sie heran, als daß er sie an sich zog. Schroubek hörte, wie Hannah stöhnte und schließlich sagte, er möge sie jetzt bitte in Ruhe lassen ... Beide schwankten. Sie schob ihn mit dem Unterarm zurück, und der Betrunkene fügte sich. Er stierte Hannah wohlwollend an und schien im Dumpfen an einer Äußerung zu arbeiten, brachte jedoch nichts heraus. Plötzlich sackte er in die Knie, fiel aber nicht, sondern griff, sich in der Hocke haltend, nach Hannahs Händen und küßte sie, von der Trägheit befreit, überschwenglich, so als müsse er einen tiefen Dank abstatten. Nun erschien noch jemand. Schroubek erkannte ihn sofort. Es war Fritz. Er scheeste heran, mit seinen verdrehten Beinen, und zog den Betrunkenen von Hannahs Seite, weniger mit Gewalt als unter gütigem Zureden. Der kleine fette Schuldiener streichelte den hageren Kerl am Hinterkopf und führte ihn zurück ins »Erntedank«. Bevor sie verschwanden, machte Fritz Hannah noch ein Zeichen, sie möge nun schleunigst gehen. Und das tat sie auch.

Aber sie wartet ja gar nicht auf mich! Um Himmels willen, sie nur nicht gehen lassen! Er rannte hinter ihr her, Schuh über Stirn, mitten auf der leeren Fahrbahn. Zwei Meter von ihr entfernt blieb er plötzlich stehen. Sie hatte sich umgedreht. Aus der Nähe erkannte er sie kaum wieder. Woher auf einmal dies knöcherne Gesicht, die aschfahle Haut, die rotunterlaufenen Augen, engen Pupillen?

Sie war übernächtigt und betrunken. Auch sie blickte ihm, ähnlich wie das Mädchen, das nach der Diskothek gefragt hatte, nur kurz ins Gesicht und senkte dann den Kopf. Ihr Haarscheitel verlief nur im Ansatz gerade, machte einen scharfen Knick und verschwand; einige dick verfilzte Strähnen waren in ihren langen Haaren. Sie bürstet sie nicht mehr, dachte Schroubek zufrieden, als hätte sie es immer nur für ihn getan. Dabei fehlte ihm jede Vorstellung davon, wie er selber aussah. Sonst hätte er sich in vielem, was das Äußere betraf, mit seiner Freundin vergleichen können; beide verschmutzt und abgemagert, abgerissen und bis zur Selbstvertuschung unansehnlich. Zwei Obdachlose, Sozialfälle der Liebe. Aber waren sie es auch durch ein und dieselbe Liebe geworden?

Schroubek drückte seine rechte Hand fester um den Griff der Aktentasche.

»Du wolltest mit mir sprechen ...« Hannah sah hinüber auf die andere Straßenseite.

»Schon erledigt«, sagte sie leise. »Ich habe gleich noch mal angerufen. Aber du warst schon aus dem Haus ... Inzwischen ist es okay.«

In der Aufregung kam ihm die dumme Angewohnheit, dauernd ein kurzes »Wie?« zu fragen, kaum daß Hannah den Mund aufmachte. Aber sie ging nicht darauf ein und wiederholte nichts. Er hatte auch sofort begriffen. Sie war es, Hannah, als das Telefon ein zweites Mal klingelte und er durchs Treppenhaus zurückkroch ... und sie wollte ihm nur sagen, daß er nicht mehr zu kommen brauche!

Er spürte, daß dieser Schlag ihm nicht voll zu Bewußtsein kommen dürfe, und sprach schnell aus, was er gerade dachte: »Bin aber doch nicht ganz umsonst gekommen?«

Sie zuckte die Achseln und sagte: »Jemand wollte mir kein Geld geben.« Dann sah sie ihm plötzlich in die Augen, vom rechten, dem hinter dem Splitterglas, hinüber zum linken.

»Hast du Geld?« – »Nichts. Ich habe überhaupt absolut nichts mehr.«

Schroubek lachte nach diesen Worten ein wenig, denn er hatte ja sagen wollen: nun können wir gemeinsam aus leeren Taschen von vorne beginnen! Allein daß sie eine Frage an ihn gerichtet hatte, machte ihn sofort übermütig. Doch Hannah meinte ein bestimmtes Geld und sprach ernst und hastig darüber.

»Du hast nichts. Ich wußte es. Aber Fritz sagte, ich soll dich anrufen, auf alle Fälle mal anrufen. Also habe ich zu dir gesagt, bitte komm her. Verstehst du? Es ging um zweitausend Mark, weil ich nicht wußte, wie ich die heute abend auftreiben soll. Der Kerl, von dem ich sie kriegen soll, sitzt neben mir, da im »Erntedank«, und sagt, ich krieg sie nicht, er hat sie nicht. Hat sie natürlich, aber er ist eben ein Schwein. Na ja. Fest steht, Frank braucht das Geld morgen früh, sonst bekommt er Schwierigkeiten, und von mir weiß er, daß er es heute abend auf die Hand bekommt, das ist versprochen, und inzwischen hat er es ja auch, Gott sei Dank. Aber vorher versucht das Schwein den Trick, daß er das Geld nur rausrückt, wenn ich etwas Neues draus mache, verstehst du? Wieder ein Geschäft für ihn, aber das kommt nicht in Frage, nicht mehr. Und er sieht natürlich, ich gehe ans Telefon und telefoniere mit jemandem, von dem er nicht weiß – und, schwups, zischt er es auf den Tisch, und ich hab es. Drecksgeschäfte, sage ich dir.« – »Welche Geschäfte?« fragte Schroubek unruhig. Niemals hatte er sie ein solches Kauderwelsch reden hören.

»Leihgeschäfte. Sie leihen alles herum. Dies und das. Autos, spezielle Apparate, Wohnungen, Geld. Vor allem Geld. Kleidung, auch Schmuckkram. Was gerade Mode ist. Und die Moden sind so kurz, daß kaufen nicht lohnt.«

Es war, als fände sie in diesem Jargon einen letzten Schlupfwinkel, um sich, schon unter die Augen ihres Verfolgers gestellt, noch einmal zu verbergen. Schroubek wußte nicht, wie er auf das einzig Wichtige zu sprechen kommen sollte. Irgendwie war die Begegnung fast schon vorbei. Hannah sah wieder zu Boden. Der Sog ihres Schweigens riß ihm plötzlich den Mund auf.

»Warum bist du weggegangen?«

Ein Taxi fuhr heran. Hannah lief auf die Straße und machte ein Handzeichen. Schroubek folgte ihr. In der Verzweiflung hob er die Aktentasche hoch bis an die Brust und stieß den Arm wieder hinab. »Aber du mußt mir doch sagen, was ich getan habe?«

Er berührte sie an der Schulter. Sie blieb auf der Stelle stehen, stocksteif und ohne sich umzuwenden.

»Wenn du es selbst nicht weißt –«

Das Taxi hielt an. Der Fahrer öffnete von seinem Sitz aus den hinteren rechten Wagenschlag. Der Motor lief.

»Wie kann ich es wissen?! Wie kann denn ich es wissen?«

Schroubek schrie in die Luft. Er sah, wie er im Wettlauf mit dem tackernden Dieselmotor unterlag und ohne Antwort, ahnungslos zurückbleiben mußte. Aus der würdigen Übergabe der Schrift konnte jetzt nur noch ein unverschämtes Nachschleudern der Schrift in ein abfahrendes Taxi werden. Aber wenigstens das!

»Sieh her!« rief er, »ich habe alles aufgeschrieben!«

Er streckte ihr den Arm mit der geschlossenen Tasche entgegen. »Hier . . . Das mußt du lesen. Mehr weiß ich nicht von mir. Lauter Notizen, nichts Besonderes. Was mir durch den Kopf ging – ohne dich!«

Hannah konnte kaum so schnell begriffen haben, um was es sich handelte, nahm jedoch ohne Zögern die Tasche aus seiner Hand und legte sie, als sie nun im Taxi saß, wie ihr Eigentum auf die Knie.

»Versprichst du mir, daß du das alles liest?«

»Ja«, antwortete sie. Schroubeks Geschenk, seine übermenschliche Unruhe schien sie zu rühren oder auch nur zu ängstigen. »Ich verspreche es dir . . . Sind es Briefe?«

»Nein, keine Briefe . . . « Er wollte nichts weiter erklären. Er schloß die Taxitür und beugte sich zitternd ans Fenster. Sie sah ihm durch die Scheibe gerade ins Gesicht; ihr Mund ging ein wenig auf, und dann drückte sie die Augenlider zu und rollte sie gleich wieder auf. Schroubek nahm es ungeteilt für ein Zeichen des festen Versprechens, der neuen Zuversicht, und dachte nicht daran, was es wohl auch hätte bedeuten können: ein Lebewohl mit guten Wünschen. Ihn sah, nach dem Augenaufschlag, eine ganz andere an, seine wiedergekehrte Frau. Das Taxi fuhr in Richtung Kantstraße davon. Er setzte sich auf den Bordstein und stützte den Kopf in beide Hände. Das ist das Glück, dachte er, es existiert also doch. Keine Utopie. Mein Glück ist ein Ding der Wirklichkeit. Die Wege der Sehnsucht sind nicht grenzenlos. Es hat sich gelohnt ...

Die lange Überanstrengung oder, je nachdem, die zähe Vernachlässigung seiner selbst, durch die er zuletzt ziemlich in Not geraten war, Schmerz, Schweigen, Ungeschick, Würgegriffe von allen Seiten, lösten sich, schon in den ersten Sekunden nach der Begegnung, von ihm, und er heulte und brabbelte vor sich hin. Zugleich mit den Wellen der Entspannung bekam er die tatsächliche Schwäche und Bedürftigkeit seines abgezehrten Körpers zu spüren. Es fiel ihm jetzt doppelt schwer, auf den Beinen zu stehen und nach Hause zu laufen. »Los, weiter im Glück!« sagte er, »morgen beginnt wieder das normale Leben.« Um sich die Schritte zu erleichtern, zählte er auf, was er ab morgen früh zur Vorbereitung von Hannahs Heimkehr nach und nach tun und besorgen würde. »Sie wird langsam lesen, sie *muß* langsam lesen. Ein paar Tage werde ich mich bestimmt gedulden müssen. Bis dahin ...«

Als sie nach anderthalb Wochen immer noch nicht angerufen hatte, wußte er keine Erklärung mehr. Tagsüber von zehn bis achtzehn Uhr war das Telefon an den Auftragsdienst angeschlossen und gab die Nummer des Modernen Antiquariats an, in dem er vorübergehend eine Anstellung gefunden hatte. So hätte sie ihn jederzeit erreichen können. Die Wohnung war umgeräumt und gründlich gesäubert worden. Im Kühlschrank lagen eine Menge Delikateßwaren, Früchte und Weine, die er für ihren Empfang aufbewahrte. Neben dem Telefon erinnerte ihn ein Notizzettel daran, daß er die Shrimps sofort nach dem Anruf aus dem Eisfach nehmen müsse, damit sie noch rechtzeitig auftauten. Er überlegte, wie er von sich aus wieder Verbindung mit ihr aufnehmen könnte, und es fiel ihm das »Erntedank« ein. Nach Ladenschluß ging er in die Suarezstraße. Das Lokal hatte eben erst geöffnet, es waren noch keine Gäste da. Der Wirt stand in Anzug und Krawatte hinter der Spüle und wechselte die Bürsten aus. Schroubek fragte ihn, wann er Hannah das letzte Mal gesehen habe. Der Wirt erwiderte, er könne sich nicht erinnern; allerdings sei neulich etwas für sie abgegeben worden. Er griff unter das Regal, auf dem der Kassettenrecorder stand, und legte die braune Aktentasche auf den Tresen, in der Schroubek ihr seine Aufzeichnungen übergeben hatte. Wie er mit einem Fingerdruck feststellte, war das Manuskript noch darin. Hannah hatte die Tasche im Taxi liegengelassen. »Kein Wunder, daß sie nicht anruft!« sagte Schroubek leise und schüttelte den Kopf. Er mußte einen Zettel mit seinem Namen und seiner Adresse hinterlassen, um die Fundsache mitnehmen zu dürfen. Da der Zettel für Hannah bestimmt war, fügte er die Telefonnummer, die eigentlich ihre Nummer war, hinzu und, nach einem Gedankenstrich: »Bittet dringend um Anruf.«

Zu Hause kam, allmählich, in kleinen Stößen, die Unruhe wieder, die er von früher kannte. Er stellte das Fernsehen an und setzte sich an den Schreibtisch. Nun packte er sein Manuskript aus und bedeckte es mit einem neuen, leeren Bogen. Er begann mit den Worten: »Ich bin noch nicht ganz am Ziel . . .«

Das strich er wieder aus, denn so ließ sich nicht an das Voranstehende anknüpfen. Das ZDF brachte ein Wunschkonzert. Dort wurde jetzt ein Schlagersänger angekündigt, der schon in Schroubeks Jugend zu den bekannten Stars von gestern gehörte. Er mochte kaum an seinen Auftritt in einer Live-Show glauben. Wenn er überhaupt noch lebte, so konnte er in seinen Greisenjahren doch unmöglich noch die alten Lieder singen. Kaum aber trat er aus der Kulisse eines italienischen Hafens hervor, da ertönte sein voller Gesang. Allerdings war, trotz der feinsten Aufmischung im Playback, der Kratzer auf einer Platte deutlich zu hören. Vermutlich hatte man den Sänger gebeten, seine eigne Platte zum Überspielen mitzubringen, da diese nirgendwo mehr aufzutreiben war. Der aus der Vergessenheit herbeigezerrte Künstler besaß weder die Übung noch, in diesen Minuten, das

Gedächtnis, sein Lied einwandfrei lippensynchron vorzutäuschen. Einmal wagte die Kamera eine Großaufnahme, sprang aber sofort erschrocken zurück. Denn während die Erinnerung noch in großen Tönen sang, war der Mund des alten Mannes plötzlich zugefallen und zuckte textvergessen und murmelte Flüche.

»Nun läuft die Schrift. Es gibt kein Entkommen mehr.« Mit Hilfe der Sprache rettet sich ein abwechselnd als Ich und Er fungierender Erzähler aus der Leere und Verlassenheit seiner Welt. »Schroubek, dieser sich einigelnde Intellektuelle mit einer nervösen Reizbarkeit, dieser Antiheld, der sich wie ein Held in das Abenteuer der Selbstentdeckung stürzt, reagiert in seinen Monologen auf das, was sich ihm als Realität aufdrängt, als bundesrepublikanische Wirklichkeit im Sommer 1976«, schreibt Stephan Reinhardt. »Botho Strauß ist ein Meister psychologischer Stimmungsmalerei.«

Der Autor

Botho Strauß, am 2. Dezember 1944 in Naumburg/Saale geboren, studierte Germanistik, Theatergeschichte und Soziologie in Köln und München, war Redakteur, Theaterkritiker und später dramaturgischer Mitarbeiter an der Schaubühne am Halleschen Ufer. Er wurde 1989 mit dem Georg-Büchner-Preis ausgezeichnet. Lebt in Berlin.

Botho Strauß im dtv

»... ein Erzähler, der für Empfindungen der Liebe Bilder von einer Eindringlichkeit findet, wie sie in der zeitgenössischen Literatur ungewöhnlich sind.«

(Rolf Michaelis)

Marlenes Schwester
Zwei Erzählungen
dtv 6314

Die Widmung
Eine Erzählung · dtv 10248

Paare, Passanten
dtv 10250
Botho Strauß packt unser Leben an seinen heikelsten, öffentlichsten und zugleich intimsten Punkten.

Kalldewey
Farce · dtv 10346
Ein Stück um Liebe und Tod, Flucht und Angriff, Traum und Realität, Wahnsinn und Therapie.

Der Park
Schauspiel · dtv 10396
Die bundesdeutsche Gesellschaft wird von den erotischen Gottheiten aus Shakespeares ›Sommernachtstraum‹ heimgesucht.

Trilogie des Wiedersehens
Groß und klein
dtv 10469

Rumor
Roman · dtv 10488

Der junge Mann
Roman · dtv 10774

Die Fremdenführerin
Stück in zwei Akten
dtv 10943

Niemand anderes
dtv 11236

Besucher
Komödie · dtv 11307

Kongreß
Die Kette der Demütigungen
dtv 11634

Die Zeit und das Zimmer
Sieben Türen/Bagatellen
Theaterstücke · dtv 12119

Diese Erinnerung an einen, der nur einen Tag zu Gast war
Gedicht · dtv 19007